रामजन्मभूमि

आंदोलन की संघर्षगाथा

रामजन्मभूमि

आंदोलन की संघर्षगाथा

सत्य • साक्ष्य • आस्था

अरुण आनंद

विनय नलवा

प्रभात
प्रकाशन

प्रकाशक
प्रभात प्रकाशन प्रा. लि.
4/19 आसफ अली रोड, नई दिल्ली-110002
फोन : 011-23289777 • हेल्पलाइन नं. : 7827007777
इ-मेल : prabhatbooks@gmail.com ❖ वेब ठिकाना : www.prabhatbooks.com

संस्करण
प्रथम, 2024

अनुवाद
शिप्रा पांडेय

पेपरबैक मूल्य
तीन सौ रुपए

मुद्रक
आर-टेक ऑफसेट प्रिंटर्स, दिल्ली

RAMJANMABHOOMI ANDOLAN KI SANGHRASHGATHA
by Shri Arun Anand • Shri Vinay Nalwa

Published by **PRABHAT PRAKASHAN PVT. LTD.**
4/19 Asaf Ali Road, New Delhi-110002
(Hindi translation of RAMJANMABHOOMI)

ISBN 978-93-5521-591-8

₹ 300.00 (PB)

धनंजय

के

लिए

आमुख

पिछले चार दशकों से उत्तर प्रदेश में स्थित अयोध्या में राम मंदिर के निर्माण का मुद्दा न सिर्फ भारतीय राजनीति में अपितु आम जनमानस के बीच भी छाया रहा है। इस मुद्दे पर बहुत सारी पुस्तकें लिखी गई हैं, पर विडंबना यह रही कि इस मुद्दे पर बयानबाजियों का बोलबाला रहा।

हमने श्रीराम के जन्म से लेकर सुप्रीम कोर्ट में रामजन्मभूमि मामले पर अंतिम सुनवाई से जुड़े घटनाक्रम और तथ्यों को सिलसिलेवार ढंग से पाठकों के सामने रखने की कोशिश की है। हमने अपनी तरफ से तथ्यों को पूरी तरह से जाँचकर प्रस्तुत करने की कोशिश की है। आपकी प्रतिक्रियाओं का हमेशा ही स्वागत रहेगा।

वरिष्ठ वकीलों जैसे श्री अमन सिन्हा, श्री विराग गुप्ता, श्री राजेश गोगना के सहयोग के लिए हम हमेशा ही अनुगृहीत रहेंगे।

हम अपने पाठकों के भी सदा आभारी रहेंगे, जिन्होंने इस पुस्तक को पढ़ने के लिए समय निकाला। हमें आपकी प्रतिक्रियाओं का इंतजार रहेगा।

सधन्यवाद।

—अरुण आनंद

—विनय नलवा

अनुक्रम

1

श्रीराम एवं रामायण

भारत एवं हिंदू संस्कृति के लिए राम एवं रामायण दो अविभाज्य हिस्से हैं, हालाँकि 1980 के मध्य में, जब भगवान् श्रीराम के मंदिर को पुनर्निर्माण को लेकर एक आंदोलन शुरू किया गया था, तब इतिहासकारों एवं तथाकथित बुद्धिजीवियों के एक दल ने श्रीराम की उत्पत्ति पर न सिर्फ शंका जाहिर की थी, अपितु इस पर प्रश्न भी उठाए थे।

पुरातन भारतीय ग्रंथों में रामायण नामक ग्रंथ को एक मील का पत्थर माना जाता था और कई सदियों के बाद भी यह आज हमारे आध्यात्मिक जीवन का आधार-स्तंभ है। इस मंदिर के निर्माण को लेकर श्रीराम के जीवन-चरित एवं उस समय को लेकर भारतीय संस्कृति एवं मूल्यों की उपादेयता आज भी जीवन में बहुत प्रभाव रखती है। इसकी सीख सिर्फ किसी एक धर्म को लेकर संकुचित नहीं है, न ही एक राष्ट्र या किसी एक कालखंड को लेकर यह जकड़ी हुई है। यह भारतीय संस्कृति को दक्षिण-पूर्वी एशियाई देशों, जैसे थाईलैंड, कंबोडिया, इंडोनेशिया, लाओस, म्याँमार एवं नेपाल को जोड़कर रखती है। इसने अपनी छाप सिंगापुर, मलेशिया एवं वियतनाम में छोड़ रखी है।

रामायण श्रीराम की जीवनगाथा है, जो हिंदुओं के सर्वोच्च रक्षक माने जानेवाले भगवान् विष्णु के सातवें अवतार के रूप में वर्णित हैं। वे कृतज्ञता एवं गुणों की खान हैं, जिनके नैतिक मूल्य सर्वोपरि हैं और वे हिंदुओं के भगवानों में सबसे श्रद्धेय हैं। श्रीराम को एक ऐतिहासिक कालपुरुष के रूप में भी देखा जाता है, उन्हें प्राचीन भारत के एक सबसे आदर्श राजा के रूप में माना जाता है, जिनका जन्म ही इस धरती पर दुरात्माओं के विध्वंस के लिए हुआ था।

श्रीराम दैविक एवं मानुषी मूल्यों के एक अनूठे संगम हैं। अपने संपूर्ण जीवन में श्रीराम न सिर्फ एक सच्चे, निडर एवं उदार राजा रहे अपितु वे अपनी जनता के लिए बहुत ही उदार एवं विचारशील रहे। समय के साथ जिन विद्वानों ने श्रीराम के विषय पर काम किया है, उन सबने माना है कि वे बहुत ही उदार एवं अपनी प्रजा के विषय में सोचनेवाले थे। बहुत सारे विद्वानों ने, जिन्होंने सालों से श्रीराम के मुद्दे पर काम किया है, कालांतर में सभी इस बात पर सहमत हुए हैं कि उन्होंने पूरी जिंदगी पवित्रता, सरलता और आत्म-बलिदान को समर्पित कर दी, साथ ही अमरत्व को प्राप्त करने के लिए त्याग को चुना, नैतिकता के मूल्यों पर वे अपने समाज के लिए एक उदाहरण बनकर रहे, साथ ही आध्यात्मिक रूप से प्रभावित होकर विश्व में अपने कर्तव्यों का निर्वहन किया।

जब हम हिंदू धर्म के उच्च रूप से धारण किए जानेवाले गुणों के बारे में बात करते हैं तो हम उन सभी बातों की उपमा श्रीराम से देते हैं। वे एक सदाचारी, संयमित, निर्भीक, उदार एवं प्रजापालन में लिप्त अपनी प्रजा के लिए सुयोग्य राजा थे।

श्रीराम की गाथा बतानेवाले सर्वप्रथम व्यक्ति महर्षि वाल्मीकि थे। बाद में यह उन लोगों की जीवनचर्या का आधार बन गया, जिन्होंने रामायण को अपने जीवन का आधार बना लिया। 1920 से 30 के बीच मॉरिश विंटरनिट्ज ने अपनी प्रसिद्ध पुस्तक 'अ हिस्टरी ऑफ इंडियन लिटरेचर' के तीन संस्करणों में निम्नलिखित बात प्रकाशित की थी—"यह संपूर्ण भारतीयों की एक पूँजी है, इस पूरे विश्व के साहित्य में किसी अन्य कविता ने इतना अधिक प्रभावित नहीं किया होगा, जितना सदियों से इस व्यक्ति के बारे में जितना कुछ कहा गया अथवा लिखा गया। भारत में करीब 2,000 सालों से श्रीराम को लेकर लिखी गई कविता आज भी उनके जनमानस के हृदय में बसी हुई है और आज भी जारी है।"

साधकों एवं असाधकों के बीच हिंदू सभ्यता का अनूठा संगम है। वहाँ कई ज्योतिष, इतिहासकार, पुरातत्त्ववेत्ता और विदेशी पर्यटकों को जैसी-जैसी

तिथियाँ मिलती गईं, उन्हें पहचाना गया और उनसे तिथियाँ मिलाकर वाल्मीकि रामायण में वर्णित उन तिथियों, घटनाओं को व भौगोलिक स्थानों से वाल्मीकि रामायण में वर्णित श्रीराम के ऐतिहासिक व्यक्तित्व से उसका मिलान किया गया। कुछ इतिहासकारों के लिए, कल्पनाओं के आधार पर श्रीराम को एक केंद्रीय बिंदु मानकर एक अच्छी-खासी कहानी लिखी गई और कुछ ऐसे इतिहासकार भी हैं, जिन्होंने राम के अस्तित्व को लेकर वैज्ञानिक रूप से बार-बार उनकी मौजूदगी को साबित किया।

हालाँकि पुरातन कहानियों में कुछ घटनाक्रम एवं व्यक्ति होते हैं, कहानी में मौजूद घटनाक्रम एवं परिस्थितियाँ असल में इतिहास का हिस्सा नहीं होते। न सिर्फ पूर्व के इतिहासकारों अपितु पश्चिम के महान् ज्ञाताओं ने श्रीराम के जीवन से संबंधित तारीखों की सफलतापूर्वक पुष्टि की है। उन्होंने श्रीराम से संबंधित स्थानों को अंकित कर उनसे जोड़ा है। रामायण को सिर्फ एक काल्पनिक साहित्यिक पुस्तक न मानते हुए राल्फ टी.एच. ग्रिफिथ ने, जिन्होंने वाल्मीकि रामायण के अंग्रेजी अनुवाद (द रामायण ऑफ वाल्मीकि 1895) में लिखा है, "भारत में एक युगकथा कैसे लोगों के हृदय में विराजमान रह सकती है, वह सदियों से लोगों के हदयस्थल पर इतनी विराजमान है कि सभी प्रांतों की भाषाओं, बोलियों में उसका इतना विस्तार एवं प्रसार हुआ है, जो कई नाटकों का आधार है, यह भारत में अभी भी उतनी ही वैभवपूर्ण तरीके से प्रस्तुत की जाती है और साल-दर-साल अयोध्या के पड़ोसी प्रांतों में भी लोगों के बीच वह मानी जाती है, उनके जन्म से संबंधित दोहे-छंदों को आज भी लोग एवं तेजस्वी साधु उसी श्रेष्ठता या उपयोगिता के साथ गाते हैं और उनका स्वागत करते हैं तथा उनके द्वारा घूमी गई जगहों, जहाँ राम ने अल्प या दीर्घ प्रवास किया था; फिर यह महाकाव्य कैसे अलौकिक नहीं हो सकता?"

ग्रिफिथ की तरह ही एक इतालवी भारतविद् गैस्पर गोरेसियो (1808-1891) ने वाल्मीकि रामायण का अनुवाद किया था। वे यह सोचते हैं कि कई साल पहले कुछ घटनाक्रम तो जरूर हुए होंगे, उसकी यादें लोगों के मन में बसी हुई होंगी कि हिंदुओं के मन में उसने न मिटनेवाली छवि बन गई!

एफ.ई. प्रेजिटर ने 'द जियोग्रॉफी ऑफ रामास एक्जाइल' में यह पाया कि "इस कहानी में बताए गई सारी भौगोलिक जानकारियाँ बहुत मुश्किल से मिली होंगी पर कहीं-न-कहीं कुछ लोगों ने इसका भ्रमण तो अवश्य ही किया होगा।"

स्वामी विवेकानंद ने कहा है—"यह भारत का सबसे प्राचीनतम महाकाव्य है। सीता एवं राम भारत देश के आदर्श हैं। जब आप इन पात्रों बारे में पढ़ेंगे तो आपको अचानक पता लगेगा कि भारत के आदर्श पश्चिम के से किस प्रकार भिन्न हैं। ऐसी कोई अन्य पौराणिक कथा नहीं है, जो संपूर्ण देश के लोगों के हृदय में बसी हुई है और वह लोगों के जीवन में उतरी हुई है और वह पीढ़ी-दर-पीढ़ी यहाँ पैदा हुए लोगों के खून में समा गई है।"

सन् 1973 में तिरुअनंतपुरम् में रामायण को लेकर अखिल भारतीय सम्मेलन हुआ, जिसमें श्री वी.डी. रामास्वामी की 'श्रीराम पाठ यथिरई' नामक एक पुस्तक प्रस्तुत की गई। इस पुस्तक में श्रीराम जिन स्थलों से होकर गुजरे थे, उन जगहों का जंगलों से होते हुए विवरण प्रस्तुत किया गया है और श्रीराम अपने जीवन में जिन जगहों पर गए हैं, उसके बारे में भी विस्तार से बताया गया है।

इतिहासकार नंदिता कृष्णन ने यह बात देखी है कि रामायण में वर्णित हर उस स्थान की भौगोलिक सत्यता का मौजूदा रीतियों के साथ मिलान करना बहुत मुश्किल है, पर ऐसे कई मंदिर मौजूद हैं, जो राम के आगमन की गाथा कहते हैं। 1000 ई.पू. का एक लेखक सिर्फ एक कहानी गढ़ने के लिए किस प्रकार इतनी यात्राएँ कर सकता है, वह स्थानीय कहानियों में समा सकता है और किस प्रकार वह महान् आस्था वाले मंदिरों का निर्माण कर सकता है? इन पवित्र स्थानों की महत्ता के बारे में बताते हुए कृष्णन कहती हैं, "श्रीराम ने जिन-जिन स्थानों का भ्रमण किया, उनकी यादें इस तरह से हैं, जैसे यह सारी कल की ही कहानी हो। भारत में समय सापेक्ष है। कुछ स्थानों में स्मरणीय मंदिर हैं, अन्य स्थानीय गानों में उनके आगमन के बारे में वर्णन है, पर हर कोई इस बात को मानता है कि राम अयोध्या से वनवास को गए थे। ऐसे में

जब साहित्य, पुरातत्त्व व स्थानीय परंपराएँ एक ही बात कहती हैं तो इस बात में कोई संशय नहीं होना चाहिए। आदम के सेतु एवं राम के बीच के संबंध में कैसे शंका की जा सकती है, जब इतिहास में किसी ने भी इसके निर्माण को लेकर किसी भी प्रकार का कोई दावा ही नहीं किया है? इस बात पर शंका क्यों करनी चाहिए कि श्रीराम ने दंडकारण्य या किष्किंधा का भ्रमण किया था, जब वहाँ के स्थानीय अवैदिक आदिवासी भी राम से संबंधित कहानियाँ बताते हैं। इस बात पर शंका क्यों की जानी चाहिए कि वे अयोध्या में पैदा हुए थे और उन्होंने वहाँ राज किया था।"

श्रीराम की यादें लोगों के मन में बसी हुई हैं, क्योंकि उनका जीवन एवं शासन अतुलनीय था, जिसका अनुपालन उन्होंने बहुत शांति एवं संपन्नता के साथ किया, जिससे रामराज्य (राम का राज्य) लोगों के लिए हमेशा एक चर्चा का बिंदु है।

प्रसिद्ध लेखक एवं शोधकर्ता स्टीफन नेप ने 'भगवान् राम तथ्य या कल्पना' में श्रीराम के इतिहास के संबंध में एक विस्तृत लेख लिखा है। नेप कहते हैं, "वाल्मीकि, जिन्होंने रामायण लिखी, वे राम के समकालीन थे।" इस घटना के क्रमों को बताते हुए उन्होंने कई जगहों पर ग्रहों की स्थिति का भी वर्णन किया है।

'डेटिंग द इरा ऑफ लॉर्ड रामा' नामक पुस्तक के लेखक पुष्कर भटनागर को उद्धृत करते हुए नेप ने कहा, "उन्होंने (भटनागर ने) इसकी व्याख्या मौजूदा ग्रहों के सॉफ्टवेयर के प्रयोग से की है, रामायण में वर्णित ग्रह दशा की स्थिति को सत्यापित करना असल में संभव है। यह कोई मामूली घटनाक्रम नहीं है, ग्रहों की पूरी चाल के बारे में वाल्मीकि ने भी कई बार बताया है, जो राम के जीवन से जुड़ी है और उसे आसानी से सत्यापित की जा सकता है।"

भटनागर आगे कहते हैं, "यह सूचना बहुत आवश्यक है, क्योंकि यह गणना लाखों सालों में एक बार आती है, इसे तोड़-मरोड़ कर भी पेश नहीं किया जा सकता है, इसके बारे में इतनी सटीकता के साथ सोचा भी नहीं जा

सकता और यह सब एक अच्छे सॉफ्टवेयर के बिना संभव नहीं है। इससे जो बात समझ में आती है कि इन गणनाओं को देखने के लिए कोई-न-कोई तो वहाँ मौजूद अवश्य होगा, जो बाद में राम की कहानी के रूप में रिकॉर्ड हुआ।"

भटनागर ने रामायण के कुछ उदाहरणों का प्रयोग किया है, जो इस प्रकार है— "राम चैत्र मास के शुक्ल पक्ष की नवमी तिथि (चैत्र मास के शुक्ल पक्ष में चंद्रमा की बढ़ती स्थिति में 9वें दिन में) को पैदा हुए। उस समय नक्षत्र पुनर्वसु था और रवि, मंगल, शनि, बृहस्पति और शुक्र क्रमशः—मेष, मकर, तुला, कर्क एवं मीन राशि पर थे। उस समय का लग्न कर्क था और बृहस्पति एवं चंद्रमा दोनों ही चमक रहे थे।" (रामायण 1.1.8,8,9)

भटनागर के अनुसार ये स्थितियाँ इस प्रकार से बताई जाती हैं—

1. मेष में सूर्य
2. तुला में शनि
3. कर्क में बृहस्पति
4. मीन में शुक्र
5. मकर में मंगल
6. चैत्र का शुक्ल पक्ष
7. नए चंद्रमा के 9वें दिन के बाद (नवमी तिथि, शुक्ल पक्ष)
8. पुनर्वसु नक्षत्र के बगल में चंद्रमा (जेमिनी नक्षत्र में पॉलक्स तारे)
9. लग्न के रूप में कर्क (पूर्व में कर्क नक्षत्र का उदय)
10. आकाश में बृहस्पति

भटनागर कहते हैं, "एक सशक्त तारामंडल सॉफ्टवेयर का इस्तेमाल कर मैंने पाया कि रामायण में वर्णन के अनुसार 10 जनवरी, 5114 ईसा पूर्व को दोपहर 12.30 बजे राम का जन्म हुआ था। वह चैत्र मास के शुक्ल पक्ष का नौवाँ दिन था। उसके आगे जाते हुए भगवान् राम के जन्म के 25 साल बाद रामायण में वर्णित तथ्यों के अनुसार, आकाश में ग्रहों की स्थिति वैसी ही मिली, फिर अमावस्या के दिन दसवें महीने में जब सूर्यग्रहण हुआ

था और आकाश में ग्रहों की स्थिति बहुत परिदृश्य थी, उन्हें 14 सालों का वनवास मिला। वह तिथि 7 अक्तूबर, 5077 ईसा पूर्व रही होगी। इसके साथ ही वाल्मीकि की रामायण में दोनों सूर्यग्रहणों का योग मिलता है। 12 सितंबर, 5076 ई.पू. को हनुमान माता सीता से श्रीलंका में मिले थे। इस तरह से ग्रहों की सारी स्थितियाँ सत्यापित हुईं और सारी तिथियाँ सही मानी गईं।"

हालाँकि इसके लिए रामायण में दी गई गणना के अनुसार श्रीराम के होने का सत्यापन हो जाता है, पर कुछ लोग सोचते हैं कि श्रीराम के जन्म के दिन, समय व साल में ग्रहीय सॉफ्टवेयर में अंतर हो सकता है, जैसे वैदिक ज्योतिष नर्तक गोपाल देवीदास बताते हैं, "श्रीराम के जन्म की गणना को लेकर 10 जनवरी, 5114 ई.पू. ही उनका जन्मदिवस है और दिन में करीब 12.00 बजकर 30 मिनट पर उनका जन्म हुआ है। उनका उदय-लग्न कर्क है। इस कारण मेष 10वें स्थान पर है और उनकी मेष राशि में सूर्य है। किसी भी जन्मकुंडली में सूर्य की स्थिति उस मनुष्य के जन्म के समय का वर्णन करती है। दसवें घर में सूर्य के होने का अर्थ है कि वह दोपहर में पैदा हुए थे (लगभग सुबह 11 बजे से दोपहर 2 बजे तक)। इसमें कोई संदेह नहीं है। (भगवान् कृष्ण मध्यरात्रि में जन्मे थे, सूर्य सिंह राशि पर थे और चौथे घर में मिथुन राशि का उदय हो रहा था। 6 बजे शाम को जन्म का अर्थ यह है कि सूर्य सातवें घर में स्थित है। सूर्योदय के समय जन्म का अर्थ है कि सूर्य प्रथम स्थान पर है। श्रीराम की जन्मकुंडली में सूर्य मेष राशि में स्थित है और मेष राशि में सूर्य की स्थिति नियति है। इसका अर्थ है कि अप्रैल 14 से 13 मई के बीच यह हुआ है तो यह 10 जनवरी की दिनांक किस प्रकार आ गई? यह जो दोनों ज्योतिष गणनाएँ हैं, उन्हें वैदिक ज्योतिष तुरंत देखें, इसलिए तारामंडलीय सॉफ्टवेयर जो सुझाव देता है, उसमें कुछ अंतर हो सकता है। इससे यह भी पता चलता है कि हम लोग वैदिक कलेंडर को क्यों मानते हैं और हर साल अप्रैल-मई में भगवान् राम के अवतार लेने पर उत्सव मनाते हैं, इसलिए पौराणिक तिथियाँ एकदम सही हैं।"

मीनाक्षी जैन (राम एंड अयोध्या) के अनुसार, "रामायण की उत्पत्ति

कोसल क्षेत्र में हुई है, जो अयोध्या में इक्ष्वाकु वंश के द्वारा शासित थी। अयोध्या का दरबार राम के दुःख में डूबा हुआ था। इन कहानियों में वाल्मीकि, जिनकी कुटिया गंगा के किनारे पर स्थित थी, ने एकल सजातीय निर्माण किया, फिर पेशेवर गायकों ने यह पाया कि उनके वनगमन की बातें संपूर्ण देश में गाई-बजाई जाती हैं।"

सिर्फ संस्कृत में ही रामायण के 25 प्रकार हैं, इसके साथ ही यह अन्य भाषा में भी उपलब्ध हैं। फादर कामिल बुल्के ने इस तरह तीन सौ प्रकार बताए हैं; हालाँकि वाल्मीकि द्वारा रचित रामायण सबसे प्रसिद्ध और हर जगह मान्य है। एवं श्रीरामकथा को लेकर उनसे संबंधित पहली जीवित कहानी है।

भारत के अलावा रामायण

मीनाक्षी जैन कहती हैं कि "251 ई.पू. से पहले केंग-सेंग हुई ने रामायण को जातक कथा के रूप में चीनी भाषा में प्रस्तुत किया था और फिर 472 ई.पू. कैकेय द्वारा रचित एवं लगभग विस्मृत दशरथ जातक के निदान का भी चीनी अनुवाद प्रस्तुत किया गया। छठी सदी में सिंहल कवि एवं राजा कुमारदास ने सिलोन में संस्कृत में 'जानकीहरण' नामक काव्य की रचना की। सातवीं सदी में कंबोडिया में खेमर उदाहरणों में रामायण को प्रसिद्धि मिली। सोमशरमन के शिलालेखों में रामायण, पुराण एवं संपूर्ण भारत की प्रस्तुति की गई है। नौवीं सदी के अंत होने तक पूर्व ईरानी शिलालेखों में खोटानीस रामायण का ईरानी स्वरूप ईरानी भाषा में ही निकलकर सामने आया। इसी तरह एशिया के उत्तरी इलाके में, जैसे तिब्बत में सातवीं एवं नौवीं सदी में रामायण की दो तरह की पांडुलिपियाँ पाई गई हैं। वाल्मीकि रामायण की सबसे पुरानी पांडुलिपियाँ 1075 ई.पू. में नेपाल में सुरक्षित हैं।"

मीनाक्षी जैन बताती हैं—"रामायण विभिन्न यूरोपीय भाषाओं में अनूदित एवं अनुरूपित हुई है। वर्ष 1806-1810 के बीच मिशनरीज विलियम कैरे एवं जोशुआ मार्शमैन ने पहली दो पुस्तकों का अनुवाद किया था। सन् 1808 में फ्रेडरिक स्केलेजेल ने अपनी पुस्तक 'ऑन द लैंग्वेजेज एंड विजडम ऑफ इंडियंस' का आंशिक जर्मन अनुवाद किया था। सन् 1829 में, उनके भाई

अगस्त विल्हेल्म वन स्केलजेन ने लैटिन भाषा में इसका अपूर्ण अनुवाद किया। 1847 से 1858 के बीच गैस्पर गैरेसियो ने पाँच संस्करणों में इतालवी भाषा में इसका पूर्ण अनुवाद किया। लगभग उसी समय में फ्रेंच लेखक एच. हॉच ने 1847-1858 के बीच नौ संस्करण लिखे, वहीं अंग्रेजी लेखक राल्फ टी.एच. ग्रिफिथ ने 1870 से 1874 के बीच पाँच संस्करणों की पुस्तक लिखी।"

जैन बताती हैं—"राम की कहानी पहले तीन बौद्ध लेखों—दशरथ कथानम्, अनामकम जातकम् और दशरथ जातक में मिली है। 'दशरथ कथानम्' पहली-दूसरी सदी की पुस्तक है।"

भगवान् राम के इतिहास के बारे में **कुणाल किशोर** अपनी पुस्तक 'अयोध्या: प्राप्त साक्ष्यों के परे' में कहते हैं कि "राम इक्ष्वाकु वंश में पैदा हुए, वे मनु के पुत्र थे और विवस्वान जैसे सूर्य के पौत्र थे, प्रथम कवि आदिकवि वाल्मीकि ने अपनी रचना में इस साम्राज्य के बारे में वर्णन किया है।"

राम एक आदर्श पुत्र थे,
एक आदर्श पति,
एक आदर्श भाई,
एक आदर्श राजा

एवं एक अनुशासित व्यक्ति, संसार में त्याग की प्रतिमूर्ति एवं एक तपस्वी थे।

चूँकि वाल्मीकि ने उस साम्राज्य से संबंधित प्रमुख घटनाओं का वर्णन किया है तो ऐसे में रामायण एक महान् लेख बन गया है, साथ ही राम उनके सबसे प्रसिद्ध भगवान् और साथ ही अयोध्या लाखों-लाख श्रद्धालुओं की श्रद्धा का केंद्र बन गई। परमपिता परमात्मा की निर्बाध आज्ञा को मानना और अयोध्या जैसी पवित्र नगरी की मौजूदगी एक अनूठा संगम है, जो हिंदुओं के जीवन का महत्त्वपूर्ण भाग। है और रामजन्मभूमि को इससे दूर करना मुश्किल है।

वाल्मीकि रामायण में लिखा है कि भगवान् ने श्रीविष्णु को अयोध्या के राजा दशरथ के घर में जनता के हित में जन्म लेने का निवेदन किया। भगवान् विष्णु ने अवतार लेने से पहले ही अपने जन्मस्थल का निर्णय ले लिया था।

"यह सर्वविदित है कि कौशल्या ने श्रीराम को जन्म दिया, जिन्हें जगन्नाथ कहते हैं। वह किसी साधारण पुरुष का जन्म नहीं था। संपूर्ण संसार के भगवान् श्रीराम के आने से अयोध्या नगरी धन्य हो गई थी। कुछ इतिहासकार कहते हैं कि श्रीराम के जन्म के बावजूद भी अयोध्या कभी पवित्र नहीं हुई।"

"वाल्मीकि रामायण में कुछ मंदिरों एवं भगवानों का वर्णन है, जहाँ राम पूजा किया करते थे। जब राम वनवास की यात्रा शुरू कर रहे थे (जंगल में निर्वासन), कौशल्या उन्हें उन मंदिरों में भगवान् के पास ले गईं, जहाँ राम पूजा किया करते थे।"

"महाभारत में व्यास राम को राष्ट्रपति कहते हैं, अर्थात् देश के राजा। महाभारत में व्यास बताते हैं कि जब तक यह पृथ्वी रहेगी, तब तक सारे भगवान्, सारे लोग, असुर, गंधर्व, यक्ष, राक्षस आदि सभी राम की गाथा गाते रहेंगे।"

दक्षिण में रामायण

कुणाल किशोर के अनुसार, "राम की कहानी तमिल साहित्य के पहले चरण में पाई जाती है, ईसाई युग के शुरुआती संगम साहित्य में पुराननुरु ने सीता के अपहरण के बारे में बताया, अहानानुरु बताते हैं कि लंका में आक्रमण से पहले राम ने समुद्र के तट पर एक बैठक आयोजित की और परिपदल में रामायण से बहुत सारे प्रकरण आए। रामायण के संदर्भ विभिन्न संगम कथाओं, जैसे—सिल्पद्धिकरम् और मणिमेखलेई में भी पाए जाते हैं।"

"हालाँकि राम पर सबसे उत्कृष्ट महाकाव्य तमिल कवि कंबन ने लिखा है, जिसके बारे में विभिन्न आलोचकों ने बताया कि इसकी रचना 9-12वीं सदी के बीच हुई है। एक रीति के अनुसार, 9वीं सदी में इसकी रचना हुई थी और फिर इसे रंगनाथ मंदिर में रखा गया, अन्य परंपरा के अनुसार तमिल रामायण या रामावतारम् की रचना 12वीं सदी में हुई थी, फिर इसे मदुरै के प्रसिद्ध मदुरै मंदिर में विद्वानों के समक्ष प्रस्तुत किया। इस काव्य को वहाँ उत्तर भारत में तुलसीदास के रामचरितमानस की तरह अपार प्रसिद्धि प्राप्त हुई और तमिल घरों में यह प्रसिद्ध हो गया। लाखों तमिल लोगों के लिए यह

प्रेरणा का स्रोत बन गया। कंबन के 'रामावतारम्' में इस बात की पुष्टि होती है कि पुरातन भारत में राम की लोकप्रियता एवं दैवत्व भारत से दूर भी उतना ही फैला था।

"तेलुगु भाषा में राम की कहानी इतनी लोकप्रिय थी कि आंध्र प्रदेश में इसको लेकर बहुत सी रामायण लिखी गईं, वहाँ पर ऐसा कोई एक गाँव नहीं होगा, जहाँ अपना एक राम मंदिर न हो। आंध्र प्रदेश में रामनवमी पूरे हर्षोल्लास के साथ मनाई जाती है। रामायण के विभिन्न संस्करणों में चार बहुत महत्त्वपूर्ण हैं। ये हैं—रंगनाथ रामायण, भास्कर रामायण, मोल्ला रामायण और कट्टा वरदरायु रामायण। रंगनाथ रामायण में समुद्र पर पुल के निर्माण के समय एक गिलहरी की कहानी वर्णित है, उसकी अपार भक्ति की गाथा पूरे देश में प्रशंसा का विषय है। रंगनाथ रामायण एक संपूर्ण रामायण है, जिसमें 17,290 देशज द्विपद हैं, अर्थात् 34,580 पंक्तियाँ हैं और वह तुलसीदास द्वारा रचित रामचरितमानस के लेखन से करीब 335 वर्ष पूर्व लिखी जा चुकी थी।"

हिंदुओं में यह बात सर्वरूप से मान्य है कि व्यक्तिगत एवं सामाजिक क्षेत्र में भगवान् राम एक प्रेरणास्रोत हैं। लाखों लोग जब रामायण पढ़ने या सुनने में स्वयं को लगा देते हैं तो उस कारण उन्हें कुछ तो महसूस होता है (चाहे रामायण के विभिन्न अनुवाद ही हों)। जब वे राम को समर्पित उन बरसों पुराने मंदिरों में जाते हैं तो उन्हें वहाँ से राम के समान सदाचारी बनने की शिक्षा एवं प्रेरणा मिलती है।

□

2

रामजन्मभूमि एवं अयोध्या

करोड़ों हिंदुओं के लिए अयोध्या नामक शहर भारत के उत्तर प्रदेश राज्य में स्थित है। यह वह जगह है, जहाँ भगवान् राम पैदा हुए थे और वाल्मीकि रामायण में भी यही वर्णित है। अयोध्या का शाब्दिक अर्थ भी है 'अविजित'। हिंदुओं के लिए अयोध्या स्वर्ग का द्वार है और यह राम की तरह अमर है।

पुरातन भारतीय शास्त्रों के विभिन्न पदों में अयोध्या के महत्त्व के बारे में वर्णित है। वैष्णवों के पुरातन भारतीय शास्त्र गरुड़ पुराण में निम्न बातें वर्णित हैं—

अयोध्या मथुरा माया काशी काञ्ची अवन्तिका।
पुरी द्वारावती चैव सप्तैता मोक्षदायिका:॥

—***गरुड़ पुराण*** *1,15,14*

इस श्लोक में गरुड़ पुराण कहता है कि मोक्ष प्राप्ति के लिए इस धरती पर सात जगहें हैं, यानी **अयोध्या, मथुरा, माया, काशी, कांची, अवंतिका** एवं **द्वारावती**।

भौगोलिक एवं भाषाई सीमाओं से परे रामायण के हर रूप में अयोध्या को वह स्थान माना जाता है, जहाँ भगवान् श्रीराम का जन्म हुआ था।

श्रीराम एवं अयोध्या को लेकर आदिकाल से ही प्रमाण मिलते रहे हैं। इस संबंध में अयोध्या माहात्म्य एवं विष्णुहरि ही सूचना के दो प्रमुख स्रोत रहे

हैं। 'अयोध्या रिविजिटेड' में किशोर कुणाल ने कुछ श्लोकों का पुनः वर्णन किया है—

रुद्र-यमला में अयोध्या माहात्म्य

(सन् 1052 ई. में ब्रह्म यमल द्वारा रचित हस्तलिपि में रुद्र-यमला का प्रसंग है।)

सरयूतीरपूतानां जन्मभूम्याः विलोकिनाम्।
दर्शनात् पातकं तेषां कल्पकोटिशतायुतान्॥ 35॥

जो भी व्यक्ति पाप करते हैं, उन सबके पाप श्रीराम की जन्मभूमि में सरयू किनारे हर जाते हैं, कट जाते हैं, सिर्फ दर्शन मात्र से ही सैकड़ों, हजारों एवं करोड़ों कल्प पार लग जाते हैं।

राममन्दिरमासाद्य दर्शन क्रियते नरैः।
मनसापि स्मृतं येन मुच्यते चरणत्रयात्॥ 36॥

श्रीराम के मंदिर पहुँच जाने के बाद, जो व्यक्ति उनके दर्शन कर लेता है या उन्हें याद ही कर लेता है तो वह चरण त्रयम्, अर्थात् जन्म, जीवन एवं मृत्यु के बंधन से मुक्त हो जाता है।

दर्शनं जन्मभूमेश्च स्मरणं रामनामतः।
मज्जनं सरयूतीरे कृतं वै पापनाशनम्॥ 37॥

रामजन्मभूमि के दर्शनमात्र या श्रीराम के नाम का स्मरण कर लेने से या सरयू नदी में स्नान करने से सारे पाप नष्ट हो जाते हैं।

अयोध्यानगरं पुण्यं स्मृतं वै पापनाशनम्।
धान्यं यशस्यमायुष्यं पुण्यं पापाहरं फलम्॥ 38॥

जो कोई भी अयोध्या नगरी को याद करता है—वह धन, संपदा, मान, दीर्घजीवन तो प्राप्त करता ही है, साथ में उसके सारे पापों का नाश हो जाता है। अयोध्या-माहात्म्य के 12वें अध्याय में रुद्र-यमला नामक हस्तलिपि में इसका वर्णन है और इसे वहाँ से उद्धृत किया गया है।

विष्णु-हरि शिलालेख

1992 में बाबरी मस्जिद के विध्वंस के बाद वहाँ प्राप्त शिलालेखों में ये प्राप्त हुए—

श्लोक-5

वंश्यन्तदेव कुलमाकुलतानिवृत्तिनिवर्यूढमप्रतिम (विक्रम) जन्मभूमिः।
यत्रातिसाहससहस्त्रसमद्धिमा मा नो जनिष्ट जगदिष्टतमोत्तमश्रीः॥

यह उस राजवंश का निवास है, जहाँ सारे दुखों का अंत हो जाता है, यह उस व्यक्ति का जन्मस्थल है, जिसका पराक्रम अद्भुत है, वह व्यक्ति हैं—राम। यहाँ वह व्यक्ति रहता है, जिसने जीवन में हजारों साहसपूर्ण काम किए हैं, वह व्यक्ति हैं—राम। वह हमारे भीतर किसी प्रकार का कोई लालच न पनपने दें, चाहे दुनिया की सबसे मूल्यवान संपदा ही हमारे सामने क्यों न रखी गई हो, उसे पाने की हमारे मन को कोई उत्कंठा न हो।)

श्लोक-21

टङ्कोत्खातविशालशैलशिखर श्रेणीशिलासंहति
व्यूहैर्विष्णुहरेर्हिरण्यकलशश्रीसुन्दरं मन्दिरम्।
पूवर्वैरप्यकृतं नृपतिभिर्येनेदमित्यद्भुतं
संसारावर्णविशीघ्रलंघनपघूपायान्ध्यिा ध्यायता॥

उन्होंने महासागर को पार करने के लिए एक अन्य रास्ता निकाला, उसने विष्णु-हरि मंदिर बनाया, जिसपर सोने का कलश स्थापित था, इस तरह का काम पहले के अन्य किसी राजा ने नहीं किया था। पर्वतों के शिखर पर निर्मित इस मंदिर का निर्माण चट्टानों को छेनी से तराशकर किया गया।

उद्दामसौधविबुधालयनीमयोध्यामध्यास्य तेन नयनिन्हुत वैशसेन।
याकेतमण्डालखण्डमकारि कूपवापीतप्रतिश्रय तडागसहस्त्रमिश्रम्॥

अयोध्या में रहना, अर्थात् उस स्थान में रहना, जहाँ भगवान् का निवास एवं मंदिर है, उस साकेत मंडल में, जो व्यक्ति सदाचार की प्रतिमूर्ति है, जिसने हजारों कुएँ एवं सरोवर बनाए, साथ ही आराम गृह एवं तालाब बनाए।

रामजन्मभूमि पर पुरातन भारतीय लेखों के अलावा हमें विदेशी पर्यटकों, पुरातत्त्वविदों, विद्वानों के जरिए अयोध्या एवं उस स्थल के संबंध में एक स्पष्ट एवं सही विवरण मिलता है, जहाँ भगवान् राम पैदा हुए थे, उस बारे में विस्तृत व्याख्या की गई है।

यूरोपीय यात्री विलियम फिंच (1608-11), जिसने अयोध्या घूमी थी, अपने यात्रा-वृत्तांत में रामकोट के भवन अवशेषों की मौजूदगी के बारे में लिखा है, इसके साथ ही हजारों वर्ष पूर्व रामचंद्र के महल एवं जिस घर में भगवान् राम का अवतार हुआ है, उसका भी वर्णन है।

फिंच ने इस बात को रिकॉर्ड किया है कि इस दुनिया का तमाशा देखने के लिए राम ने मानव रूप में जन्म लिया था। उन्होंने आगे लिखा है कि यह महल चार सौ साल पहले बना था। उन्होंने उस जगह में किसी मस्जिद को नहीं देखा था, पर साथ ही बहुत सारे ब्राह्मण एवं हिंदू तीर्थयात्री देखे थे। उन्होंने तीर्थयात्रियों के नाम याद करने की कोशिश करते हुए बताया कि राजमहल के भवन अवशेषों में उन्होंने कई ब्राह्मण पंडितों को देखा था। उन्हें बताया गया कि यह सब रीति पिछले सात सौ सालों से चली आ रही है। फिंच बताते हैं कि अयोध्या पुरातन कहानियों की नगरी है। रामचंद्र के राजमहल के बारे में उसे राम का मंदिर कहा जाना चाहिए। उन भवन अवशेषो पर ब्राह्मणों की मौजूदगी यह दर्शाती है कि वहाँ एक मंदिर था और सारी जगहों को हिंदुओं द्वारा नियंत्रित किया जाता था।

विलियम फिंच के यात्रा-वृत्तांत में भगवान् श्रीराम के जन्मस्थल के संबंध में पूरी तरह से जानकारी मिलती है।

कुणाल किशोर ने जोएंस डे लेत का 'अयोध्या रिविजिटेड' में जिक्र किया है। जोएंस एक लेखक, भूगोलशास्त्री, भाषाविद् एवं प्रकृतिवादी थे। वे डच इंडिया कंपनी के निदेशकों में से एक थे। उन्होंने एक पुस्तक लिखी, जिसका नाम 'डि इंपोरियो मैग्नी मोगोलिस सीव इंडिया वेरा कमेंट्रीस' है। 1631 में लैटिन भाषा में लिखी यह पुस्तक अयोध्या के संबंध में लिखी गई है। इस पुस्तक का अंग्रेजी अनुवाद जॉन.एस. होयलैंड ने किया था। इसका

अंग्रेजी अनुवाद 1927 में पटियाला में प्रकाशित हुआ। जोएंस की पुस्तक के पहले अध्याय का उदाहरण निम्नलिखित रूप में दिया गया है—

"थेंसे (लखनऊ में) से ऊदी (एक पुरातन शहर, जो पहले पठान राजाओं की जगह हुआ करती और जो अब एकदम वीरान है) 50 कोस दूर है कोस—उत्तर भारत में मुख्यत: दो स्थानों के बीच की दूरी को नापने की इकाई।" इस शहर से रामचंद्र के किले एवं महल के अवशेष बहुत दूर नहीं थे, जिन्हें भारतीय अपने सर्वोच्च भगवान् मानते हैं, वे कहते हैं कि उन्होंने इसलिए मानव रूप लिया, ताकि वे इस दुनिया के तमाशे को देख सकें। इन टूटे अवशेषों में कुछ ब्राह्मण रहते थे, जो सावधानीपूर्वक उन यात्रियों के नाम लिखकर रखते थे, जो पास की नदियों में प्रक्षालन किया करते थे। उन्होंने बताया कि यह परंपरा कई सदियों तक जीवित रही। इन नदियों से दो मील दूर एक गुफा थी, जिसका मुख बहुत सँकरा था, वह अंदर से काफी बड़ी थी और वह भीतर से इतनी फैली थी कि उससे बाहर निकलना बहुत कठिन था। उनका विश्वास था कि भगवान् की राख यहीं पर छिपी हुई है। भारतवर्ष के विभिन्न भागों से यहाँ तीर्थयात्री आते थे और अपने भगवान् की पूजा करते थे, वे अपनी यात्रा कर प्रमाण हेतु चावल के पके दाने ले जाते थे। उनका मानना था कि सदियों से यहाँ पर ये चावल के दाने रखे हुए हैं।"

इसी तरह थॉमस हर्बर्ट एक अन्य प्रसिद्ध लेखक एवं यात्री हुआ करते थे। हर्बर्ट करीब 1600 ई. में योर्क में पैदा हुए थे और उन्होंने ऑक्सफोर्ड के जीजस कॉलेज से अपनी उच्च शिक्षा प्राप्त की थी। बाद में वह कुछ समय के लिए ट्रिनिटी कॉलेज, कैंब्रिज चले गए। जब उन्होंने वह विश्वविद्यालय छोड़ा, उनके अपने रिश्तेदार विलियम हर्बर्ट को, जो अर्ल ऑफ पेमब्रोक थे, उनके पास विदेश जाने के लिए यात्री के रूप में आवेदन किया। अर्ल ने उन्हें 1626 में अफ्रीका एवं एशिया की यात्रा में लिए भेज दिया, वहीं उन्होंने अपने जीवन का अधिकांश भाग फारस एवं भारत में बिताया।

चार साल यात्रा करने के बाद वे 1630 मे अपने देश को वापस लौट गए। थॉमस हर्बर्ट ने अयोध्या का अपनी पुस्तक 'सम ईयर्स ट्रैवल्स इनटू

डायवर्स पाट्र्स ऑफ एशिया एंड अफ्रीका' में वर्णन किया है। उन्होंने सन् 1628 में इस पुस्तक का संशोधन कर पुनः प्रकाशित किया। उन्होंने इस पुस्तक में बताया कि बहुत सारे भवन एवं स्मारक बहुत यादगार थे, जिसमें रामचंद्र द्वारा बनाए गए बहुत पुराने महल निर्मित हैं, जो करीब 9,94,500 साल पुराने हैं। उन्होंने इस बात का भी जिक्र किया कि ब्राह्मणों ने तीर्थयात्रियों के नाम भी अंकित किए थे। सत्रहवीं सदी के करीब इंग्लैंड में प्रकाशित इन यात्रा-वृत्तांतों ने उस समय बहुत प्रतिष्ठा हासिल की थी। अयोध्या पर हर्बर्ट का लेख सन् 1632 में प्रकाशित हुआ, जिसमें निम्नलिखित तथ्य उभरकर आए। 1630 ई. में अयोध्या में कई दुर्लभ धरोहरें थीं।

हर्बर्ट के अनुसार, "उनमें से सबसे यादगार धरोहर थी, रामचंद (रामचंद्र) द्वारा निर्मित पुराने महल में आकर कई व्यापारी रहते थे और पास में बहती सरयू नदी में डुबकी लगाकर अपने सारे पाप धो डालते थे। ऐसे कर्मों के साक्षी स्वयं ईमानदार ब्राह्मण होते थे।"

थॉमस हर्बर्ट ने इस देश में राम की मौजूदगी एवं उनके प्रभाव के बारे में और जानकारियाँ दीं।

"दशरथ, जो राम के पिता थे, वे एक प्रसिद्ध राजा थे और वे अपनी पवित्रता एवं उच्च आदर्शों के लिए जाने जाते थे। आज तक उनका नाम बहुत सम्मान के साथ लिया जाता है, राम-राम कहें तो ऐसे में सारी अच्छी चीजें आपके साथ होंगी। ऐसा माना जाता है कि श्रीराम का नाम लेने से वक्ता एवं श्रोता के जीवन में सारे अच्छे काम होने लग जाएँ।"

जीन दे थेवेनॉट नामक फ्रेंच यात्री ने भी 1666 ई. में भारत यात्रा-वृत्तांत लिखा। इस पुस्तक का अंग्रेजी में अनुवाद हुआ और सन् 1687 ई. में वह लंदन में प्रकाशित हुई। (द इंडिया दे सॉ संस्करण III)

इस पुस्तक में थेवेनॉट ने इस बात की पुष्टि की कि लोग आपस में एक-दूसरे का 'राम-राम' कहकर अभिवादन करते थे। 'द ट्रेवल्स ऑफ मूंज्यिर द थेवेनॉट', नामक पुस्तक में उन्होंने लिखा, "भारतीय लोग अपने मंदिरों और अन्य जगहों पर उन्हें दैविक रूप से सम्मान देते थे; जब वे दोस्तों का

अभिवादन करते या उनका नाम लेते हैं तो वे राम-राम कहते हैं। यह भाव वे दोनों हाथ जोड़कर करते हैं, ऐसा लगता है कि वे कोई प्रार्थना कर रहे हैं या वे नीचे गिरते हैं, फिर दूसरा व्यक्ति उसे आराम से ऊँचा उठाकर अपने मुख तक लेकर आता है और फिर अंत में ऐसा लगता है कि वे उसे अपने सिर के ऊपर चढ़ा रहे हैं।"

जे.ओ. विंग्टन ने 1689 में 'ए वोएज टू सूरत' में लिखा था कि दाह-संस्कार के समय हिंदुओं में 'राम-राम' शब्द का निरंतर उच्चारण किया जाता है।

जोसेफ टिफेनथेलर द्वारा लिखी गई पुस्तक 'डिस्क्रिपटियो इनडिए', अर्थात् भारत की व्याख्या में एक अलग ही व्याख्या पढ़ने को मिलती है। एक ऑस्ट्रेलियाई जुइस्ट पादरी, जो अवध, भारत में (1766-71 के बीच में) दो दशक से रहे थे, वे फारसी एवं संस्कृत दोनों में प्रवीण थे; इसलिए भगवान् श्रीराम के जन्मस्थान में जो मंदिर था, उसे किस प्रकार एक मस्जिद में परिवर्तित किया गया, वह इस संबंध में अब तक की सबसे उत्कृष्ट पुस्तक मानी जाती है। सन् 1766-1771 में टिफेनथेलर ने अयोध्या का दौरा किया (उस समय का फैजाबाद) और सारे अवध में घूमकर (उस समय उसे 'औध' कहा जाता था), उनकी पुस्तक '**द मॉडर्न ट्रेवलर**' (खंड IV, अंग्रेजी संस्करण) सन् 1828 में प्रकाशित हुई, जिसमें उन्होंने भगवान् श्रीराम के जन्मस्थल में मंदिर के होने के पूरे सबूत प्रस्तुत किए।

शुजाउद्दौला के शासनकाल में वह आधुनिक शहर घाघरा नदी के तट तक फैला हुआ था, जो फैजाबाद के नए शहर से जुड़ा हुआ था, वहाँ दरबार लगा करता था। टिफेनथेलर ने 1770 में उसकी बनावट की व्याख्या की—उस समय हिंदू लोग अवध को अजोध्या कहते थे, वह बेमिसाल बनावट का शहर था। उसके अधिकांश घर सिर्फ मिट्टी के बने हुए थे और घास या खपरैल के होते थे, पर उनमें से कई ईंटों के बने पक्के घर भी होते थे। दक्षिण से उत्तर की ओर बनी राहों में मुख्य सड़क एक मील लंबी थी, पर शहर की चौड़ाई उसकी अपेक्षा में थोड़ी कम थी। इसका पश्चिमी एवं उत्तरी इलाका

एक पहाड़ी पर स्थित था, उत्तर-पूर्वी इलाका काफी ऊँचा था। फैजाबाद के निर्माण के बाद इस शहर में बहुत ज्यादा भीड़भाड़ थी। इस नए शहर में गर्वनर का भी अपना आवास था, इस कारण औध में से कई निवासी निकाल दिए गए, दक्षिण में देवा (या घाघरा) के किनारे बहुत सी टूटी इमारतें राम की याद में खड़ी थीं, जो पूर्व से पश्चिम की ओर फैली हुई थीं। इस बीच सबसे खूबसूरत जगह थी, सरगोदावरी। ऐसा कहा जाता है कि यह स्वर्ग की आभा वाला मंदिर है, क्योंकि इसे स्वयं राम स्वर्ग से शहर के लोगों के लिए लेकर आए थे। इसके बाद उज्जैन के प्रसिद्ध राजा विक्रमादित्य के प्रयासों से यह सूना शहर लोगों से भर गया और फिर वह अपने पुराने रूप में आ गया। इस नदी के किनारे पर एक मंदिर हुआ करता था।

"वहाँ पर एक बहुत ही प्रसिद्ध स्थल हुआ करता था, जिसे सीता रसोई कहा जाता है, जहाँ राम की पत्नी सीता की एक मेज थी, वह शहर के दक्षिण की ओर स्थित थी। राजा ने उस किले को नष्ट कर दिया, जिसे 'रामकोट' कहते थे और उसके बदले मोहम्मदियों की तीन गुंबदों की मस्जिद बना दी। अन्य लोगों के अनुसार, बाबर ने इसे बनाया था। वहाँ काले पत्थर के चौदह कॉलम देखे जाते हैं, पाँच तो काफी ऊँचे हैं, जो किले तक गए हुए हैं। इनमें से 12 कॉलम मस्जिद की भीतरी सतह को सहारा दे रहे हैं, अन्य दो मीनार के एक निश्चित मूर का निर्माण करते हैं, वे बताते हैं, कि ये कॉलम बहुत बेहतरीन तरीके से गढ़े गए। ये कॉलम, श्रीलंका के प्रायद्वीप या सेलेनदीप (सिलॉन) से हनुमान द्वारा लाए गए थे, जिन्हें वानरों का राजा भी कहा जाता है।

"बाईं तरफ एक वर्गाकार चबूतरा था, जो जमीन से पाँच इंच ऊपर था और वह चूने से ढका हुआ था। हिंदू इसे 'वेदी' या 'झूला' कहते हैं, उसका कारण यह है कि पहले उस घर में विष्णुजी ने राम के रूप में जन्म लिया था, इसके साथ ही उनके तीन भाइयों ने भी जन्म लिया था। उसके बाद अन्य लोगों के अनुसार बाबर या औरंगजेब ने इसे तुड़वा दिया इस तरह से उन्होंने वहाँ लोगों को उनकी आस्था से वंचित कर दिया, फिर भी वे इन स्थानों पर अभी भी आस्था रखते ही हैं, जैसे इस जगह पर राम खड़े हुए थे और वे उस धरती

की तीन बार परिक्रमा करते हैं। वह दो स्थान छोटी दीवारों की मुंड़ेर के साथ खड़े हैं। इस स्थान पर ज्यादा दूरी पर वह जगह नहीं है, जहाँ खोदने पर काले चावल के दाने छोटे-छोटे पत्थर बन जाते हैं, जिनके बारे में सुनिश्चित किया जाता है कि वे जमीन में राम के समय से अंदर छिपे हुए हैं। चैत्र महीने के 24वें दिन भारी संख्या में लोग खड़े होकर राम का जन्मदिन मनाते हैं और सारे भारत में भी यह मनाया जाता है। यह बड़ा सा शहर (फैजाबाद) से सिर्फ एक मील की दूरी पर है, जो पूर्व-उत्तर-पूर्व की ओर है। इस नदी के ऊँचे किनारे में गोलाकार इमारतों के बीच एक चतुष्कोणीय किला है। इसकी दीवारों का पुनर्निर्माण करना चाहिए और यह लोगों से भरी हुई है। इससे पहले उस स्थान पर गवर्नर रहते थे। सादत खान एक बार बुरी तरह से एक भविष्यवाणी से डर गया है, उसका तबादला फिर बंगाल की सरकार में कर दिया गया। अब वह बुरी तरह से बरबाद हो गया है।"

अनुमानत: टिफेनथेलर ने उस असली स्थान के बारे में बताया था, जहाँ राम का जन्म हुआ था। उनकी पुस्तक में इस प्रकार उनके जन्म लेनेवाले घर के बारे में भी सूचनाएँ हैं।

इसके अलावा एक और स्थान का उल्लेख है, जो फैजाबाद में घाघरा नदी के दक्षिण किनारे से तीन या चार मील दूर है। इस बारे में टिफेनथेलर कहता है—

"यह एक तीखी पहाड़ी पर स्थित है और धरती के चारों ओर से छोटी मीनारों से घिरा हुआ है, इसके बीच में एक भूमिगत छेद है, जो मध्यम आकार के आयामों के साथ घिरा है। इसके पास ही एक पतला सा पुराना इमली का पेड़ है। उसके चारों ओर एक बरामदा है, ऐसा कहा जाता है कि जब राम रावण का वध करके लंका से वापस आए थे तो वे इसी स्थान पर बैठे थे और फिर वहाँ से गायब हो गए थे, इसलिए उन्होंने इस स्थान को 'गोप्तर' नाम दे दिया। यहाँ से सीधा रास्ता नीचे नरक को जाता है, जैसे आपने अवध को स्वर्ग की ओर जाने का रास्ता माना। रामायण महाकाव्य में प्रस्तुत बहुत सारे प्रमुख घटनाक्रम आज भी अवध में उसी पारंपरिक पवित्रता के साथ मनाए

जाते हैं। प्रसिद्ध महाकाव्य रामायण के दोहों में बहुत सारे प्रमुख प्रकरणों का उल्लेख मिलता है, उनमें अवधी में सांस्कृतिक विरासत के स्थान अधिकता में मिलते हैं।"

सामान्यत: टेफिनथेलर के आँकड़े बहुत सटीक एवं विश्वसनीय माने जाते हैं। अयोध्या और रामजन्मभूमि की स्थिति के बारे में वहाँ इतनी निष्पक्ष विस्तृत व्याख्या मिलती है। उन्होंने रामकोट के विध्वंस का स्पष्ट उल्लेख किया है, जो भगवान् राम का जन्मस्थान माना जाता था। उन्होंने तीन गुंबदवाली मस्जिद का भी उल्लेख किया है, जो वहाँ मौजूद थी। वे ऐसे पहले विदेशी यात्री थे, जिनकी पुस्तक में बाबरी मस्जिद का उल्लेख मिलता है।

सी. मेंटल नामक फ्रेंच स्कॉलर ने भी अपनी पुस्तक 'कॉस्मोग्राफी ऑन जियोग्राफी ऑन क्रॉनोलॉजी एंड द एनसिएंट एंड मॉडर्न हिस्टरी' में अयोध्या के बारे में बहुत विस्तार से लिखा है।

"अवध, जिसे औध और अउध भी हमारे देश (फ्रांस) में कहा जाता है, एक और प्रचलित नाम है अडजुदेया, वह सबसे प्राचीनतम शहरों में से एक है, जो घाघरा नदी के किनारे पर बसा हुआ है और ऐसा माना जाता है कि भगवान् विष्णु के दसवें अवतार के रूप में उस शहर में श्रीरामजी का जन्म हुआ था। उनके पिता अवध के सम्राट् थे। बहुत दूर के इलाकों से वहाँ भारतीय तीर्थयात्रा करने के लिए आते हैं।

"अयोध्या में उन दिनों वहाँ एक भवन था, जिसे स्वर्ग से आया मंदिर कहते थे। कहा जाता है कि वहाँ से रामजी एवं उनके शहर के सारे लोगों को वहाँ से सीधे स्वर्ग पहुँचाया गया। यह मंदिर एवं ऐसे ही कई मंदिरों को नष्ट कर दिया गया।"

1783 ई. में विलियम होजेस ने अयोध्या का दौरा किया और उन्होंने सरयू घाट पर अयोध्या का एक बहुत सुंदर चित्र बनाया (सरयू नदी के किनारे पर)। वर्ष 1789 में विलियम डेनियल्स ने अयोध्या का दौरा किया और फिर कुछ आलेख बनाए। उन्होंने उस स्थल पर सिर्फ ब्राह्मणों को देखा और फिर उनसे बात की। (अयोध्या, बियोंड एड्यूस्ड एविडेंस बाय किशोर कुणाल)

ब्रिटिश पर्यवेक्षक मोंटगोमेरी मार्टिन की रिपोर्ट (1838)

अयोध्या की परंपरा के बारे में पहली मौखिक रिकॉर्डिंग **रॉबर्ट मोंटगोमेरी मार्टिन** ने 1838 में की। इसमें बताया गया है कि राम के वंशज वृहदबाला की मृत्यु के बाद यह शहर खाली हो गया था। वे उज्जैन के राजा विक्रमादित्य थे, जो इसकी खोज में आए। उन्होंने न सिर्फ वहाँ के जंगलों को खाली किया, जिसने सारे पुरातन अवशेषों को ढक दिया था, अपितु उन्हें पुनर्स्थापित भी किया और रामगढ़ किले को हटाकर 360 मंदिरों का निर्माण किया।

मार्टिन ने यह बात सामने रखी कि वह मस्जिद रामकोट के अवशेषों पर बनाई गई और उसके लिए राम के महल से उन स्तंभों को लिया गया, जिसका निर्माण विक्रमादित्य ने करवाया था और उसके बाद वे धर्मांध (जैसे बाबर) लोगों द्वारा बरबाद कर दिए गए। (मार्टिंस—इतिहास, एंटीक्विटीस, टॉपोग्राफी एंड स्टेटिस्टिक्स ऑफ ईस्टर्न इंडिया, संस्करण II के अनुलग्नक 13,पीपी, 335-336)

1854 में एडवर्ड थॉरटन के ईस्ट इंडिया कंपनी के गजट में (गजट एक प्रकार का दस्तावेज है, जो एक प्रकार का भौगोलिक शब्दकोश है या एक प्रकार की डायरेक्टरी है, जिसमें विभिन्न साम्राज्यों, राज्यों, रियासतों, प्रांतों, महानगरों, शहरों, जिलों, किलों, बंदरगाहों, नदियों, झीलों, संस्कृतियों, परंपरा, रीतियों, कानूनों आदि के बारे में विस्तृत जानकारी होती है।) इस बात की स्पष्ट व्याख्या मिलती है कि बाबर की मस्जिद में 14 कॉलम हैं, जिसमें बहुत उम्दा कलाकारी की गई है और जो पुरातन हिंदू मंदिरों से लिये गए हैं। इसमें इस बात का भी उल्लेख है कि हिंदू तीर्थयात्रा करते थे और रामचबूतरे में उनकी आपार आस्था थी। ऐसा माना जाता है कि वहाँ राम का पालना था। (थॉरटन के गैजेटियर ऑफ द टेरेटरिज अंडर द गवर्नमेंट ऑफ द ईस्ट इंडिया कंपनी के अनुलग्नक 14, पृष्ठ, 730-740 में)

सर्जन जनरल एडवर्ड बालफोर भारत के एक विद्वान्, पर्यावरणविद् और स्कॉटिश सर्जन थे। उन्होंने मद्रास (आज के चैन्नई) और बंगलौर (बंगलुरु)

में विभिन्न संग्रहालयों की स्थापना की। उन्हें भारतीय भाषाओं का अच्छा ज्ञान था, इस कारण उन्हें छोटी-छोटी जगहों में तैनात किया गया और अगले दस सालों तक उन्होंने लगभग संपूर्ण दक्षिण भारत में यात्राएँ कर लीं। उन्हें अधिकांशतः अंग्रेज सरकार हिंदुस्तानी एवं फारसी भाषा के अनुवादक के रूप में उपयोग में लेती थी। बालफोर की भारत के जीवन के विभिन्न पहलुओं पर जानकारी के कारण 'द इंसाइक्लोपीडिया ऑफ इंडिया एंड ऑफ ईस्टर्न एंड सदर्न एशिया-कमर्शियल, इंडस्ट्रियल एवं साइंटिफिक' का प्रकाशन सन् 1857 में संभव हो पाया, जिसके बाद इसके और भी संस्करण प्रकाशित हुए और जिसका नाम पड़ा 'इंसाइक्लोपीडिया ऑफ इंडिया'। इंसाइक्लोपीडिया ऑफ इंडिया (1858) में अयोध्या एवं तीन हिंदू स्थलों पर तीन मस्जिदों का भी जिक्र है और वह स्थान है, जन्मस्थान, जहाँ राम का जन्म हुआ था, स्वर्गद्वार मंदिर, जहाँ उनके अवशेष दफनाए गए और त्रेता का ठाकुर, जहाँ उन्हें त्याग की प्रतिमूर्ति माना गया। (द इंसाइक्लोपीडिया ऑफ इंडिया एंड ऑफ ईस्टर्न एंड सदर्न एशिया के अनुलग्नक 15 के पेज 56 में।)

'हिस्टोरिकल स्केच ऑफ तहसील फैजाबाद' नामक एक पुस्तक के रचयिता पी. कार्नेजी ने, जो फैजाबाद के कार्यवाहक कमिश्नर और सेटलमेंट ऑफिसर भी थे, रामजन्मभूमि के स्थान से संबंधित व्याख्याएँ लिखी हैं और बताया है कि मुस्लिमों से विरोध होने के बावजूद हिंदू राम के जन्मस्थान की पूजा करते थे।

वे रामकोट, महल एवं रामजन्म स्थान के बारे में बताते हैं कि जन्मस्थान मंदिर के कॉलम दानेदार, गहरे, स्लेटी रंग की कसौटी (या टच स्टोन) से बने हैं, जिसमें अलग-अलग औजारों से कलाकृतियाँ बनाई गई हैं और मुस्लिम लोगों ने बाबर की मस्जिद निर्माण के समय भी इसका उपयोग किया था। वे बताते हैं कि सन् 1855 तक, दोनों हिंदू-मुस्लिम मंदिर-मस्जिद में पूजा किया करते थे (कार्नेजी के हिस्टोरिकल स्केच ऑफ तहसील फैजाबाद, जिला फैजाबाद, विद द ओल्ड कैपिटल्स, अजोध्या एंड फैजाबाद, लखनऊ, 1970 पृष्ठ-5-7, 19-31 और उसमें कार्नेजी द्वारा ली गई एक तस्वीर भी है)। एक

दूसरा तथ्य उनकी रिपोर्ट से आता है कि 1858 में ब्रिटिश राज की स्थापना के बाद हिंदुओं के साथ बहुत अन्याय हुआ, क्योंकि उन्हें उस विवादित स्थल के अंदर पूजा करने से रोका गया। इस उद्देश्य के लिए, उस चबूतरे के बाहर एक कठघरा भी बना दिया गया, जिससे हिंदू वहाँ बाहर से ही पूजा कर सकें। कार्नेजी के बाद अन्य सभी लोगों ने भी इस बात की अपने गैजेट में पुष्टि की।

एडवर्ड बी ईस्टविक की पढ़ाई ऑक्सफोर्ड के मेरटेन कॉलेज एवं चार्टरहाउस में हुई थी। वे 1836 में बांबे इंफेंट्री में आए, पर भाषाओं पर अपनी पकड़ के कारण उन्हें एक राजनीतिक पद मिल गया। 1882 में उन्होंने एक पुस्तक लिखी, जिसका नाम था, 'हैंडबुक ऑफ द बेंगाल प्रेसीडेंसी', जिसका प्रकाशन जॉन मुर्रे ने लंदन में किया। उस पुस्तक में **ईस्टविक** लिखते हैं—

"रामचंद्र के जन्मस्थान या स्थल हनुमानगढ़ के पश्चिम में सुबह का तीसरा पहर था। उसके दरवाजे के पास और बाहर एक मुहम्मद कब्रगाह थी, जिसमें गजट के अनुसार उन 165 मुस्लिमों को दफनाया गया था, जो 1855 में मंदिर के अधिग्रहण के दौरान हुई हिंसा में मारे गए थे। उस अवसर पर मुसलमानों ने हनुमानगढ़ की सीढ़ियाँ तोड़ दीं, पर इसके साथ उनका भी बहुत नुकसान हुआ। हिंदुओं ने हार नहीं मानी और तीसरी बार सफलतापूर्वक जन्मस्थान पर कब्जा कर लिया, उसके द्वार पर जो मुस्लिम मारे गए थे, उन्हें दफना दिया गया। इस हिंसा में ग्यारह हिंदू भी मारे गए थे और उन्हें नदी में फेंक दिया गया था।"

ईस्टविक ने इस बात की पुष्टि की। 1858 में ब्रिटिश राज के दौरान, हिंदू मंदिर की पूजा किया करते थे। वे लिखते हैं—

"ब्रिटिश राज में कठघरा बनवा दिया था, जिसमें भीतर, मुस्लिम नमाज अदा कर सकते थे। वहीं उसके बाहर से हिंदू पूजा कर सकते थे। मंदिर या मस्जिद के बाहर एक घेरे में बाईं तरफ असली जन्मस्थान एक सादी चिनाई वाली जगह है। वहाँ से असली जन्म स्थान गायब हो गया, जिसे राजा विक्रमाद्वितीया ने पुननिर्माण किया और इसी मंदिर को मुसलमानों ने मस्जिद में परिवर्तित कर दिया, अगर कोई यूरोपियन भी उस स्थल पर जाता है तो वह

भी अपने जूते बाहर उतारता है, यह बात बहुत ही साधारण है, पर हैरानी की बात यह है कि पुराने मंदिर से 12 काले पिलर लिये गए।"

वे दरवाजे के बाईं ओर स्तंभ पर लिखे विस्तृत विवरण के बारे में बताते हैं कि उन्होंने वहाँ कृष्ण या किसी अप्सरा से मिलती हुई किसी आकृति को देखा है। ईस्टविक उस मंच के बारे में आगे और पुख्ता सूचना देते हैं कि जिस समय वे उस मंदिर में गए थे, वहाँ उसमें लिखे गए शिलालेख उस समय अस्पष्ट थे। वह शिलालेख (जिसमें संस्कृत के श्लोक थे और उसमें हिंदू भगवान् का एक चित्र भी था) उस टूटे मंदिर का एक हिस्सा होगा। वह शिलालेख फारसी शिलालेखों से भिन्न था और मंच पर बाईं से दाईं ओर लिखा गया था और उसे बार-बार लंबे समय तक रौंदे जाने के कारण पढ़ना बहुत मुश्किल था।

कुणाल किशोर कहते हैं, "ईस्टविक ने रामनवमी के मेले के बारे में सन् 1880 में एक महत्त्वपूर्ण सूचना दी थी। उस मेले में करीब पाँच लाख भक्त लोग शामिल हुए थे। यह तब था, जब जनसंख्या बहुत ज्यादा नहीं थी।"

विष्णु भट्ट गोडसे वरसाइकर ने पुणे के पास अपना गाँव वरसाई इसलिए छोड़ दिया, क्योंकि वह 1857 में भारत के उत्तरी इलाके में जीविका के साधन खोजने की तलाश में आया था। 10 अप्रैल, 1859 को वह रामनवमी की पूर्व संध्या पर अयोध्या पहुँचने में सफल हुआ। अपनी पुस्तक 'माझा प्रवास' (माई ट्रैवल्स) में उन्होंने उस स्थान एवं त्योहारों के बारे में विस्तार से बताया है। उन्होंने बताया कि अयोध्या में पूरे देश से करीब सात से आठ लाख तीर्थयात्री आए हुए थे, जिसमें बहुत अधिक संख्या में साधु भी पधारे हुए थे। उन्होंने सरयू नदी में स्नान का महत्त्व भी बताया और भगवान् राम के जन्मस्थल पर उनके जन्मदिन के अवसर पर स्नान करने से सब प्रकार के पापों का नाश हो जाता है। उन्होंने अन्य स्थलों से आए भक्तों के बारे में भी लिखा कि वे विभिन्न प्रकार की भाषाएँ बोलते हैं और उन सबके भीतर श्रीराम को लेकर कितना प्रगाढ़ प्यार एवं भक्ति सम्मिलित है। जिस कारण सभी एक-दूसरे से जुड़े हैं। वह आगे लिखते हैं—

"स्नान करने के बाद भीड़ मंदिर में तुलसी के पत्ते, सुपारी और हाथ में एक सिक्का चढ़ाने के लिए लेकर जाती है। भगवान् को तुलसी के पत्ते चढ़ाना बहुत ही लाभदायक माना जाता है। मैं भी अन्य की तरह वहाँ गया और मैंने भी भगवान् राम के जन्मस्थल पर अपनी भेंट प्रस्तुत की। वह स्थान बहुत ही बड़ा है, उस खुले स्थल में कमर की ऊँचाई तक का मंच है। वह चूना-पत्थर से बना हुआ है और चारों ओर तीन से चार फीट ऊँची दीवार से घिरा हुआ है, उसके चारों ओर घास एवं खरपतवार उगे हुए हैं और एक दूरी से देखें तो आपको पुराने किले के भग्नावशेष भी देखने को मिल जाएँगे। जिस जगह पर श्रीराम की माता कौशल्या का भवन था, वह अब एक सपाट जमीन का टुकड़ा है। कई हजार तीर्थयात्री उस खुले स्थल में वहाँ मौजूद थे, हो सकता है, उस कारण भगदड़ भी मच जाती, इसलिए सबको अपनी रक्षा स्वयं करनी थी। प्रशासन भी इस अवसर पर एक विशिष्ट सैन्यदल भेजता है, जिससे किसी प्रकार की अनहोनी घटना से बचा जा सके और इसके बावजूद भी हर साल पाँच या छह तीर्थयात्री मेले में अपनी जान से हाथ धो बैठते हैं। आखिरकार हमने उस पवित्र स्थल को देखा और वापस आ गए।"

उन्होंने स्वर्गद्वार (स्वर्ग की ओर ले जाने वाला द्वार) और अयोध्या से संबंधित कहानियाँ भी बताईं। अपने गृह स्थान वापस जाने से पहले वे वाराणसी भी गए, साथ ही अन्य महत्त्वपूर्ण स्थल, जैसे ग्वालियर, कानपुर, लखनऊ, झाँसी, काल्पी और बुंदेलखंड भी गए।

कुछ अन्य गजट

अवध प्रांत का गजट (1877) : इसमें बताया गया है कि मुगलों ने अवध में तीन महत्त्वपूर्ण हिंदू मंदिरों का विध्वंस किया था और वहाँ पर मस्जिदें बनाई थीं। बाबर ने सन् 1528 में रामजन्मभूमि पर बाबरी मस्जिद बनाई थी। औरंगजेब ने एक स्वर्गद्वार बनाया था या फिर औरंगजेब या शाहजहाँ ने ऐसा ही त्रेता के ठाकुर के साथ किया था। इन सारी बातों की पुष्टि कार्नेजी के हिस्टोरिकल स्केच ऑफ फैजाबाद में होती है और यह

गजट (अनुलग्नक 17 : प्रोविंस ऑफ अवध के गजट संस्करण I,1877, पृष्ठ 6-7) में छपी है।

इंपीरियल गजट ऑफ फैजाबाद (1881) : इस गजट में इस बात की पुष्टि होती है कि अयोध्या में तीनों मुगल मस्जिदों का गठन तीन प्रसिद्ध स्थलों, जो जन्मस्थान, स्वर्गद्वार एवं त्रेता का ठाकुर है, में हुआ। (अनुलग्नक 18 : इंपीरियल गजट ऑफ आगरा एंड अवध, संस्करण II, पृष्ठ 338-9)

बाराबंकी जिला गजट द्वारा एच.आर. नेविल (1902) : नेविल बताते हैं कि "अयोध्या में उस जमीन के लिए, जहाँ पहले जन्मस्थान मंदिर था और जिसे बाबर द्वारा नष्ट कर दिया गया और वहाँ पर एक मस्जिद बना दी गई, उस स्थान को लेकर समय-समय पर हिंदू पंडितों एवं मुसलमानों के बीच बहुत सारे झगड़े हो जाया करते थे।" (अनुलग्नक 21 : नेविल : बाराबंकी डिस्ट्रिक्ट गजट, लखनऊ 1902, पी. पी. 168-169)

फैजाबाद जिला गजट द्वारा एच.आर. नेविल (1905) : इस कालक्रम में इस बात की पुष्टि की गई कि रामकोट में राम के जन्मस्थान को बाबर ने बरबाद कर दिया और वहाँ पर एक मस्जिद बनाई, जिसमें मंदिर के ही सामानों एवं खंभों का इस्तेमाल किया गया। इस अपवित्रता के बावजूद हिंदू इसे एक पवित्र स्थल के रूप में सम्मान देते हैं। इस अपवित्रता के कारण बहुत सारे झगड़े हुए हैं और इस कारण दोनों समुदायों के बीच में लड़ाइयाँ भी हुई हैं (देखें—अनुलग्नक 22, नेविल : फैजाबाद डिस्ट्रिक्ट गजट, लखनऊ, 1905, पृष्ठ 172-177)

कर्नल एफ.ई.ए. चेमियर, जिला जज, फैजाबाद (1886) : 1885 में सिविल अपील नं. 27 के तहत अपना फैसला सुनाते हुए जज ने, जो निजी जाँच के लिए बाबरी मस्जिद को देखने गए थे, उसके बाद उन्होंने बताया, "यह बहुत ही दुर्भाग्यपूर्ण है कि जिस जमीन को हिंदू बहुत पवित्र मानते हैं, उसी जमीन पर मस्जिद का निर्माण हुआ है, 356 साल पहले हुए घटनाक्रम को देखते हुए यह कहा जा सकता है, इस कष्ट का उपचार करने में बहुत देर हो चुकी है।"

ए. फरहर द्वारा 1891 में आर्कियोलॉजिकल सर्वे ऑफ इंडिया की रिपोर्ट : फरहर यह बात मानते हैं कि मीर खान ने रामजन्मभूमि मंदिर की जमीन पर बाबरी मस्जिद का निर्माण किया था और निर्माण के समय मंदिर के बहुत सारे खंभों का भी इस्तेमाल किया गया। उन्होंने इस बात की भी पुष्टि की कि अयोध्या में औरंगजेब ने दो अन्य मस्जिदों का निर्माण किया, एक तो स्वर्गद्वार एवं दूसरी त्रेता के ठाकुर मंदिर में थी। (अनुलग्नक 20, फरहर : द मोन्यूमेंटल एंटीक्वीटिस एंड इंसक्रिप्शन्स इन द नॉर्थ-वेस्ट प्रोविंसेस एंड अवध, एएसआई रिपोर्ट 1891, पीपी, 296-297)

आर्कियोलॉजिकल सर्वे ऑफ इंडिया (1934) : इसमें पुराने विषयों को लेकर अयोध्या के सारे पवित्र स्थलों को खोजा जाएगा, उनकी नंबरिंग होगी और उन स्थानों को चिह्न करने के लिए उन पत्थरों को हम एक प्रकार का साइन करेंगे। बाबरी मस्जिद को रामजन्मभूमि के रूप में याद आएगा और वहाँ के स्थापित मार्कपट्टिका में लिखा होगा : 'स्थल नं. 1 : जन्मभूमि'।

बाबरनामा इन इंग्लिश बाय एनेट बेवरिज (1920) : बाबरी मस्जिद के शिलालेखों को समझने और आर्कियोलॉजिकल फीचर्स को समझने के बाद, वह बताता है कि मुहम्मद के एक पक्के अनुयायी होने के बावजूद बाबर ने जिस मंदिर को उसकी जगह से हटा दिया था, उसकी पवित्रता और इज्जत को देखकर वह बहुत प्रभावित हुआ, बाबर को लगा कि जिस मंदिर को उसने मस्जिद के रूप में परिणत किया है। उसने अपने धर्म के प्रति निष्ठावान और धर्म हेतु कुछ अच्छा करने के लिए किया। (अनुलग्नक 23, बेवरिज : बाबरनामा इन इंग्लिश, संस्करण II, 1922, अयोध्या (अवध) में बाबर की मस्जिद के शिलालेखों के परिशिष्ट, पृष्ठ xxvii-xxix)

इनसाइक्लोपीडिया ब्रिटेनिका (1978, 15वाँ संस्करण, खंड-I) : सबसे सही इनसाइक्लोपीडिया में यह वर्णित है कि सन् 1528 में मुगल बादशाह बाबर ने पहले से मौजूद श्रीराम के जन्मस्थल में स्थित मंदिर को तोड़कर वहाँ मस्जिद का निर्माण किया था। इस इनसाइक्लोपीडिया में मौजूदा बनावट के चित्र भी हैं, जिसमें बताया गया है कि राम के जन्मस्थल पर मस्जिद

मौजूद है, जो अयोध्या उत्तर प्रदेश में मौजूद है। इनसाइक्लोपीडिया के पूर्व के संस्करणों में भी यह सूचना मौजूद है (अनुलग्नक 25 : ई.बी., संस्करण I, पृष्ठ 693)

अयोध्या बाय हैंस बकेर (1984) : अपने व्यापक शोध में, डच स्कॉलर बकेर ने बार-बार एवं स्पष्ट रूप से यह स्वीकार किया है कि राम जब धरती पर अवतरित हुए थे, उस पवित्र स्थल पर वैष्णवों का मंदिर स्थित है। वह बाबर द्वारा सन् 1528 में तोड़ दिया गया था और एक वहाँ एक मस्जिद बना दी गई। साथ ही मीरबाकी द्वारा मंदिर से निकले काले पत्थर के खंभों को मस्जिद के निर्माण में लगा दिया गया। इसके अलावा दो और खंभे ऊपर से नीचे जमीन पर मुस्लिम सूफी संत मूसा आशिकान की कब्र को बनाने के लिए लगाए गए, यह वहीं हैं, जिन्होंने बाबर को रामजन्मभूमि के मंदिर को तोड़ने की सलाह दी थी। बकेर बताते हैं कि 12वीं सदी में देश के सर्वाधिक पुरातन मंदिर के रूप में रामजन्मभूमि मंदिर स्थित था। (सी.एफ.आर. बकेर : अयोध्या, एगबर्ट फोर्सटन, ग्रोनजेन 1986, पार्ट I, पृष्ठ 43-59, 60-66, 119-53, पार्ट II, पृष्ठ 118-121, 143-149,173-175)

□

3

मंदिर तोड़ना और मस्जिद बनाना

712 ई. के बाद से मुस्लिम आक्रमणकारियों ने भारत पर हमला किया, मंदिरों का विध्वंस किया और मस्जिदों एवं मदरसों का निर्माण किया।

सन् 712 ई. में सिंध के राजा दाहिर को हराकर मोहम्मद बिन कासिम ने वहाँ विजय हासिल की, उसने बहुत सारे हिंदू संस्थानों का विध्वंस किया और बहुत सारे हिंदुओं को जबरदस्ती इस्लाम धर्म में परिवर्तित किया।

सन् 1000 ई. में महमूद गजनवी ने भारत पर आक्रमण किया और राजा जयपाल को हराया था। 1008 ई. में उसने काँगड़ा में विजय हासिल की एवं 1011 में उसने थानेश्वर में विजय प्राप्त की, जहाँ उसने बहुत सारे हिंदू मंदिरों को गिराया, जिसमें चक्रस्वामी मंदिर भी शामिल है। सन् 1025 में उसने सोमनाथ मंदिर को तोड़ा और वहाँ की मुख्य मूर्ति को कई टुकड़ों में तोड़ डाला।

सीताराम गोयल ने विस्तृत रूप से हिंदू मंदिरों के विध्वंस की एक सूची बनाई और उसे 'हिंदू टेंपल्स : व्हाट हैप्पेंनड टू देम (खंड I एवं II)' में पेश किया। इन भयंकर विध्वंसों के संबंध में गोयल कहते हैं (हिंदू टेंपल्स : व्हाट हैप्पेंड टू देम, पृष्ठ 246, खंड II)—

इन मंदिरों में 'हर तरफ से' आक्रमण हुआ, क्योंकि मुसलमानों की सेना पूरी तरह से सुसज्जित थी। उन्होंने हमारे शिलालेखों को नष्ट कर डाला, तोड़ डाला, वहाँ कूड़ा बिछा दिया, नाप्था से जला डाला, घोड़े के खुरों से नोचवा डाला और उन्हें उनकी नींव से ही बरबाद कर दिया, जिससे कि उनका थोड़ा भी नामोनिशान न रहे। गजनी के महमूद ने सारा सामान चोरी कर लिया, मथुरा

के करीब हजार मंदिरों को जला डाला और कन्नौज एवं उसके आसपास के करीब 10,000 मंदिरों को भी नष्ट कर डाला। उसके वंशजों में से एक इब्राहिम ने गंगा-यमुना दोआब एवं मालवा में करीब 1000 मंदिरों को तोड़ डाला। मोहम्मद गोरी ने वाराणसी में करीब 1000 मंदिर नष्ट कर दिए। कुतुबुद्दीन ऐबक ने दिल्ली में करीब 1000 मंदिरों को नेस्तनाबूद करने के लिए हाथियों को तैनात किया था। बीजापुर के अली आदिल शाह ने कर्नाटक में करीब 200 से 300 मंदिर तुड़वा दिए थे। करीम शाह नामक एक सूफी ने तिरुचिरापल्ली में करीब 12 मंदिर तुड़वाए थे। कुछ ही जगहों में ऐसे सटीक आँकड़े देखने एवं पढ़ने को मिलेंगे। अधिकांश समय हमें यह सूचित किया जाता है कि बहुत सारे ऐसे मजबूत मंदिर अंतिम निर्णय वाले दिन भी तेजी से तुरही बजाने के बाद भी टिके रहे, पर जब इस्लाम आया तो उन्हें मिट्टी में मिला गया।"

ऊपर लिखी गई व्याख्याएँ स्वयं मुस्लिम इतिहासकारों ने उपलब्ध कराई हैं। गोयल ने इसका उल्लेख किया है (पृष्ठ 246)—"हमें पता चलता है कि मुस्लिम इतिहासकार इस दूषित एवं विध्वंस के कामों को बहुत उमंग के साथ बताते थे। अमीर खुसरो के लिए वह पल उनकी काव्य प्रतिभा को दिखाने का था। जब जलालुद्दीन खिलजी ने झैन पर कहर ढाया था, तब उसने लिखा कि मंदिरों में एक रुदन की आवाज उठी थी, ऐसा लगा था कि दूसरे महमूद ने जन्म लिया है।" अलाउद्दीन खिलजी ने बताया कि दिल्ली के वातावरण में मंदिरों में लोग 'प्रार्थना के लिए झुक जाते थे और साष्टांग प्रणाम करते थे।' जब सोमनाथ का मंदिर तोड़ा गया और उसका मलबा समुद्र में पश्चिम की ओर फेंका गया तो कवि ने अपनी रचनात्मकता का प्रदर्शन इस प्रकार से किया, "जब सोमनाथ का मंदिर तोड़ा गया तो उसे भी मक्का की तरफ सिर झुकाना पड़ा और मंदिर का सिर उधर नीचे किया गया और फिर उसे समुद्र में डुबा दिया गया तो आप कह सकते हैं कि इमारतों ने भी पहले प्रार्थनाएँ कीं और फिर समुद्र में नहाईं।"

बहुत सारे इतिहासकारों, जिसमें मुस्लिम इतिहासकार भी शामिल हैं, ने

1528 ई. में बाबर द्वारा राम मंदिर के विध्वंस का इसी तरह बखान किया। वहाँ पर ऐसा एक मस्जिद के निर्माण के लिए किया गया। इतिहासकारों के एक दल ने इस बात पर बहस की कि ऐसा बाबर के राज में नहीं हुआ, ऐसा औरंगजेब के जमाने में हुआ था, अगर कोई ऐतिहासिक साक्ष्यों को देखे तो किसी को भी पता चल जाएगा कि किस प्रकार राम मंदिर को अयोध्या में तोड़ा गया और मस्जिद का निर्माण हुआ था।

इसके अलावा इस संबंध में एक पुख्ता सबूत जमीन के राजस्व रिकॉर्डों से मिलता है। के.एफ. मिचेल द्वारा रचित द फर्स्ट रिपोर्ट ऑफ सेटेलमेंट ऑफ द लैंड रेवेन्यू ऑफ फैजाबाद डिस्ट्रिक्ट में जन्मस्थान/बाबरी मस्जिद के पूर्व इतिहास के प्रमाण कोट रामचंद्र/अयोध्या में मिले। (पैराग्राफ 618-19 एवं 666-669)। यह इस बात की पुष्टि करता है कि बाबर अयोध्या में सन् 1528 को आया था और वहाँ एक हफ्ते तक विश्राम किया, इस दौरान उसने जन्मस्थान मंदिर को तोड़ा और उसी जगह पर एक मस्जिद बनाई और पुरानी इमारत की सामग्री का ही इस्तेमाल किया। इस रिपोर्ट के लेखक आगे बताते हैं कि साइडर के बाबर से संबंधित संस्मरण में बताया गया है कि उन्होंने अयोध्या से 5 या 6 मील की दूरी पर अपना डेरा डाला था और वहाँ एक हफ्ते तक ठहरा था।

मस्जिद के भीतर दो शिलालेख थे, जो 1934 में हुए दंगों में बरबाद हो गए थे, जिनकी बाद में मरम्मत हो गई थी। मंच के दक्षिण दिशा में जो था, उसमें इस प्रकार लिखा हुआ था, 'राजा बाबर के आदेश से, जिनका न्याय सही था, स्वर्ग में एक ऐसे स्थान से मिल रहा था, जहाँ से परियाँ नीचे उतरती हैं और इसे बाद में मीर बाकी ने निर्मित किया था। जो अच्छाई है, वह हमेशा ही कायम रहेगी और जब मैं यह शब्द कह रहा हूँ तो 'अच्छाई हमेशा साथ रहती है' और उसका निर्माण स्पष्ट था।'

अब यह बताने के लिए, 'अच्छाई हमेशा साथ रहती है' पर फारसी में असली में है बुवाद खैर बाकी, जिसका प्रतिपादन कार्डिनल नं. 935 हिजरी/1528 ईसवीं के अंतर्गत आता है।

b = 2

w = 6

d = 4

kh = 600

i = 10

r = 200

b = 2

a = 1

q = 100

i = 10

कुल = 935

कुछ इतिहासकार तारीखों के मामले में थोड़ा भ्रमित हैं, 935 हिजरी के बदले जैसे 923 या 930 हिजरी। अरबी/फारसी शब्दों में लिखी गई तारीखों को गलत तरीके से पढ़ने से वह शब्द इस प्रकार से बनाए गए हैं : 'buwadkh airbaqi' अब उन्होंने क्या किया है कि 'buwad' को हटा ही दिया है।

ऐसे बहुत सारे मुस्लिम स्रोत हैं, जिन्होंने रामजन्मभूमि की मौजदूगी एवं उसके विध्वंस के विषय पर प्रकाश डाला है।

अल्लामा मुहम्मद नजमू (ए-गनी खान रामपुरी, तारीख-ए-अवध, खंड V, पीपी 200-201) में बताते हैं, "अजोध्या में, जहाँ रामचंद्रजी का जन्मस्थान था और जहाँ मंदिर स्थित था, उसी के बगल में सीताजी की रसोई भी थी। बादशाह बाबर ने अपने गुरु सैयद मूसा आशिकान की निगरानी में सन् 933 हिजरी में एक बहुत प्रसिद्ध मस्जिद बनवाई, जिसे जामी मस्जिद कहते हैं, उसकी तिथि खैयर बाकी (923) है। आज की तारीख तक उस मस्जिद को मस्जिद-ए-सीता-की-रसोई कहते हैं और यह मंदिर का विस्तार है। बाबर ने जन्मस्थान को तोड़कर मस्जिद का निर्माण किया और जन्मस्थान के पत्थरों को ही मस्जिद में लगाया, जिसमें बहुत सुंदर

कलाकारी की गई थी, उसमें बेहद कीमती कसौटी के पत्थर लगे थे, जो अभी भी देखे जा सकते हैं।"

श्याक्ह 'अजमत' अली काकोरावी नामी (1811-93), जिन्होंने वाजिद अली शाह के साम्राज्य के समय सारी चीजों को सामने से देखा था, ने मुरक्कही-खुसरावी, जिसे तवारीख-ए-अवध भी कहा जाता है, 1869 में लिखकर पूरी की, पर 1986 में उसका प्रकाशन हुआ। बाद में इसे एक अन्य नाम से आमिर अली शाहिद औक मरक्कह-ए-हनुमानगढ़ी के नाम से प्रकाशित किया गया। इसके पहले ही अनुच्छेद में लिखा हुआ है, "पुराने दस्तावेज के अनुसार मुस्लिम शासकों का यह धार्मिक नियम था, जब भी उन्होंने स्वामिभक्ति की कमी पाई कि सैयद सलार मसूद गाजी की विजय के बाद मस्जिदों, प्रार्थनागृहों एवं सरायों का निर्माण किया जाए, जिससे इस्लाम फैले और बिदत (ईशनिंदा) के मुद्दे को रोका जा सके। इसी तरह से उन्होंने मथुरा, वृंदावन से गैर-इस्लामिक गतिविधियों आदि का सफाया किया और इस प्रकार 923 हिजरी में बाबरी मस्जिद (मस्जिद-ए-सरबलंद-ए-बाहरी) अस्तित्व में आई।"

मिर्जा राजा अल बेग सुरूर (1787-1867) ने 1860 में 'फसाना-ए-इबरत' लिखी, पर इसे 1884 में प्रकाशित किया। इस पुस्तक में बताया गया है कि गगनचुंबी मस्जिद का निर्माण बाबर के शासनकाल में उस जगह में हुआ, जहाँ अवध में सीता की रसोई स्थित थी।

ऐसे कई उल्लेख मिल जाएँगे, जहाँ इस बात का स्पष्ट उल्लेख है कि सैयद मीर मूसा आशिकान नाम के एक मुस्लिम फकीर ने राम जन्मभूमि में स्थित मंदिर के विध्वंस में महत्त्वपूर्ण भूमिका निभाई और उसके बदले मस्जिद का ढाँचा तैयार कराया।

एक अन्य मुस्लिम फकीर ने फारसी में मवालायिय अबू-ए-करीम नामक एक रचना लिखी, वह मूसा आशिकान के जैसे ही थे, उनकी पुस्तक सन् 1979 में उर्दू में अनूदित हुई। इस पुस्तक का अन्य संस्करण फिर अन्य नाम से आया, वह 1981 में 'हतात-ए-अजोध्या' यानी, 'तारीख-परिनाही-

मदिनातु' नाम से प्रकाशित हुई। इसमें रोचक बात यह है कि पूर्व के संस्करण इस बात को विस्तार से बताते हैं कि कैसे मूसा आशिकान की आज्ञा पाकर बाबर ने राम मंदिर को तोड़ दिया था, पर ये सारी जानकारियाँ 1981 के संस्करण में गायब थीं।

फारसी में कुछ मूल कामों को उद्धृत करते हुए लाला सीताराम ने 'अयोध्या का इतिहास' (पृष्ठ 150) में बताया है, "कैसे बाबर ने सन् 1528 में मूसा आशिकान की यात्रा के दौरान उनसे मुलाकात कर राम मंदिर तोड़ा और उस जगह में से मौजूदा उस इमारत को खड़ा किया। उस फकीर ने उन्हें मंदिर को तोड़ने को कहा था और उस जगह पर एक मस्जिद खड़ी करने को कहा था। पहले तो बाबर ने आनाकानी की पर, फिर उसने फकीर की इच्छा के आगे घुटने टेक दिए।"

□

4

रामजन्मभूमि पर मुस्लिम बुद्धिजीवी

अब यह एक स्थापित तथ्य था कि सन् 1528 में श्रीराम के जन्मस्थान पर बाबर ने मस्जिद को तोड़कर एक मस्जिदनुमा इमारत तैयार की थी।

जॉव लेडेन ने 1819 में बाबर के संस्मरणों का अनुवाद किया था। विलियम इर्कशायर को भी इसीलिए जाना जाता है, क्योंकि उन्हें सन् 1826 में एक ऐसा दस्तावेज मिला था, जिसमें इस बात की पुष्टि हुई थी कि बाबर अयोध्या में रहा था। सन् 1922 में एनेट एस. बेवेरिज ने बाबर के संस्मरणों को फिर से अंग्रेजी में अनूदित किया। उन सबने इस बात की पुष्टि की कि सन् 1528 में बाबर अयोध्या में रहा था।

यद्यपि बहुत से यूरोपीय यायावर एवं इतिहासकारों ने ऐसे पुष्ट साक्ष्य प्रस्तुत किए थे, जिसमें भारत में ब्रिटिश राज्य के दौरान बहुत सारे आधिकारिक दस्तावेजों में यह पाया गया कि श्रीराम के जन्मस्थान पर स्थित मंदिर के बदले एक मस्जिद बनी, जो लोग इस बात से इत्तेफाक नहीं रखते थे, उन्होंने यह आरोप लगाए कि जिन ब्रिटिश स्त्रोतों ने मंदिर के पक्ष में वक्तव्य दिए, वह सब मुसलमानों के विरुद्ध पक्षपाती थे।

हालाँकि ऐसे बहुत सारे मुस्लिम स्त्रोत भी हैं, जो स्पष्ट रूप से यह बताते हैं कि श्रीराम के मंदिर को तोड़ा गया है। प्रसिद्ध इतिहासकार हर्ष नारायण (इंडियन एक्सप्रेस, 26 फरवरी, 1990 और हिंदू मंदिर : उनका क्या हुआ, पृष्ठ 169 से 175, सीताराम गोयल; वॉयस ऑफ इंडिया प्रकाशन) ने यह लिखा था कि "कुछ खास सच्चे मुस्लिम स्त्रोतों ने ब्रिटिश प्रभाव के बिना यह

बताया कि बाबरी मस्जिद के लिए एक हिंदू मंदिर का ढाँचा गिराया था, जो रामजन्मस्थान मंदिर का पूरा या अधूरा भाग था।"

इस बारे में नारायण का कहना है : सबसे पहले एक अप्रत्यक्ष साक्ष्य : मुहम्मद असगर, खातिब एवं मुजैन नामक अभ्यर्थियों ने बाबरी मस्जिद के विरुद्ध 30 नवंबर, 1858 तो एक याचिका दायर की, जिसमें 'बैरागियां-ए-जन्मस्थान' के विरुद्ध न्यायिक कार्यवाही की माँग की। बाबरी मस्जिद को उस समय 'मस्जिद-ए-जन्मस्थान' कहा जाता था और उस वृत्त-खंड और व्यासगद्दी के गलियारे के पास एक मस्जिद की चारदीवारी थी, जिसे मकाम जन्मस्थान कहते थे। बैरागियों ने उस गलियारे में एक मंच बनाया था, जिसे अभ्यार्थी तोड़ना चाहता था। उसने स्वयं बताया कि जन्मस्थान की वह जगह कई सालों से गंदी/अव्यवस्थित (परेशान) रूप से पड़ी हुई है, जहाँ हिंदू पूजा किया करते थे।

नारायण ने कहा, "...सारे हिंदू वहाँ पूजा-पाठ किया करते थे, जिससे यह स्पष्ट होता है कि वहाँ कोई-न-कोई इमारत जरूर रही होगी, वह मंदिर (जन्मस्थान) का हिस्सा रही होगी, जिसे मीर बाकी ने तोड़ा और उसे मौजूदा बाबरी मस्जिद में परिवर्तित करने की कोशिश की और हिंदुओं के पास इसको बनने देने के अलावा कोई दूसरा विकल्प नहीं था कि वह उसे मंदिर-विहीन गलियारा बनने दें। नहीं तो यह सोचना भी अकल्पनीय है कि क्या इतनी पवित्र जगह में लोग क्या बिना मंदिर के वहाँ इतने लंबे समय से पूजा कर रहे थे।"

नारायण ने आगे लिखा, 'हदीकह-ए-शुबादा' एक अन्य मुस्लिम स्रोत है, जो यह साबित करता है कि भगवान् श्रीराम के जन्मस्थान पर स्थित मंदिर को कैसे मुगलों ने नष्ट किया था। नारायण ने बताया कि मिर्जा जान, जो 'हदीकह-ए-शुबादा' के लेखक हैं, वे 1855 में वाजिद-अली-शाह के शासन काल में आमिर-आकी-अमेठवी द्वारा संचालित जिहाद के सक्रिय सदस्य थे और वे हिंदुओं से हनुमानगढ़ी को छीनने की घटना में शामिल थे (जो बाबरी मस्जिद से कुछ सौ गज की दूरी पर स्थित है)। उन्होंने आगे कहा, "जिहाद

के असफल हो जाने के बाद यह पुस्तक तैयार हुई थी और वह सन् 1856 में लखनऊ में लोगों के सामने आई। अहमद जाफरी ने अपनी पुस्तक 'वाजिद अली शाह और उनके अहद' के ग्याहरवें अध्याय में इसे शामिल किया (लखनऊ : किताब मंजिल, 1957) और उन्होंने उसमें जो भी गैर-जरूरी समझा, उसे हटा दिया और उसमें अपनी तरफ से एक शब्द ही नहीं जोड़ा।"

मिर्जाजान कहते हैं, "सैयद सलार मसूद गाजी के शासन के बाद भारत में मुस्लिम शासकों को जहाँ भी हिंदुओं के भव्य मंदिर मिलते गए, उन्होंने वहाँ मस्जिद, खानकाह, सराय आदि बनाए। उन्होंने वहाँ मुअज्जिन (अजान देने वाले), तालीम देनेवाले, नौकर, इस्लाम का तेजी से प्रसार करनेवाले रखे और साथ ही काफिरों को हराया।" उसी तरह उन्होंने फैजाबाद और अवध में भी यही किया, क्योंकि वह दोनों जगहें पूजा-पाठ के महत्त्व की थीं और श्रीराम के पिता की राजधानी भी थी। उस जगह पर एक भव्य मंदिर (रामजन्मस्थान) होता था, वहाँ उन्होंने एक बड़ी मस्जिद बनाई, वहाँ पर एक छोटा मंडप होता था, वहाँ उन्होंने एक मस्जिद खड़ी की (मस्जिद-ए-मुख्तसर-ए-कनती)। जन्मस्थान मंदिर राम के अवतार की एक मुख्य जगह थी, जो सीता-की-रसोई के पास थी, इसलिए वहाँ सम्राट् बाबर ने मूसा आशिकान के संरक्षण में 923 हिजरी (सन् 1528) में एक बड़ी सी मस्जिद बनाई! यह मस्जिद अभी भी दूर-दूर तक 'सीता की रसोई' के नाम से ही प्रसिद्ध है और इसके बगल में मंदिर है।"

नारायण के अनुसार, "ऐसा माना जाए कि मिर्जा जान ने यह सब पुराने दस्तावेजों (कुतुब-ए-सबीकाह) एवं समकालीन दस्तावेजों के आधार पर लिखने का दावा किया है।"

नारायण के अनुसार, अन्य मुस्लिम स्रोतों के उदाहरणों में 'मुरक्काह-ए-खुसरावी' के एक पाठ का जिक्र है। उस आलेख को 'तारीख-ए-अवध' कहते हैं। उसे अजमत अली काकोरावी नामी (1811-1893) ने लिखा था। वाजिद अली शाह के शासन के दौरान जो भी हुआ है, वह उसके चश्मदीद के रूप में जाने जाते हैं।

नारायण ने इस बात का खुलासा किया है कि कैसे अयोध्या के मामले में ऐतिहासिक तथ्यों के साथ हेराफेरी करने की कोशिश की गई। नामी ने 1869 में अपना कार्य समाप्त कर दिया था, पर वह पुस्तक करीब सौ सालों तक प्रकाशित नहीं हुई। उसकी एक हस्तलिपि अभी लखनऊ विश्वविद्यालय की टैगोर लाइब्रेरी में है। डॉ. जाकी काकोरावी ने प्रकाशन के लिए इसकी एक प्रेस कॉपी तैयार की और इसमें फखीरुद्दीन अली अहमद मेमोरियल कमेटी, लखनऊ, उत्तर प्रदेश ने प्रकाशन के लिए वित्तीय सहायता प्रदान की।

प्रकाशन हेतु कमेटी ने फंड के जरिए अपने वीटो अधिकार का उपयोग करते हुए मौजूदा राजनीतिक परिस्थितियों को देखते हुए उसके प्रकाशन की अनुमति नहीं दी। फलतः डॉ. काकोरावी को सन् 1986 में पहली बार बिना उस अध्याय के इस पुस्तक को प्रकाशित करना पड़ा; हालाँकि उन्होंने इस अध्याय को स्वतंत्र रूप से कमेटी के बिना किसी वित्तीय या अन्य सहायता के सन् 1987 में मरकज-ए-अदब-ए-उर्दू, 137, शाहगंज, लखनऊ में आमिर 'अली शाहिद और मरकज-ए-हनुमानगढ़ी' के नाम से यह पाठ प्रकाशित किया।

मिर्जाजान और शायिख नामी के तारीख-ए-अवध में बहुत समानताएँ हैं। नामी अपने काम की शुरुआत में ही कहते हैं, "पुराने दस्तावेजों के अनुसार, मुस्लिम शासकों को इस नियम का पालन करना होता था कि जहाँ भी उन्हें प्रमुखता मिले, वहाँ वह पहले मस्जिद, खानकाह एवं सराय का निर्माण करें, इसके साथ ही इस्लाम का विस्तार करें और गैर-इस्लामिक गतिविधियों को बंद कराएँ। इसके साथ ही उन्होंने मथुरा, वृदांवन आदि जगहों से गैर-इस्लामिक गतिविधियों का सफाया कर दिया, इसी तरह बाबरी मस्जिद का निर्माण 923 हिजरी में फैजाबाद-अवध में सैयद मूसा आशिकान के संरक्षण में जन्मस्थान मंदिर में हुआ। वह स्थान पूजा-पाठ के लिए एक अलौकिक जगह थी और वह राम के पिता के शासनकाल में राजधानी थी।"

एक अन्य मशहूर उर्दू उपन्यासकार, मिर्जा रजाब अली बेग सुरूर (1787-1867) के आलेख 'फसाना-ए-इबरत' में मुस्लिम स्रोत का जिक्र है। डॉ. काकोरावी की पुस्तक में नामी की पुस्तक के कुछ अंश संलग्न हैं।

नारायण के अनुसार, उन अंशों में लिखा है कि उस स्थान में एक बड़ी सी मस्जिद बनाई गई, जो सीता की रसोई की जगह पर मौजूद है। बाबर के शासनकाल के दौरान हिंदुओं में मुसलमानों की बराबरी करने की ताकत नहीं थी। मूसा आशिकान के संरक्षण में इस मस्जिद का निर्माण 923 हिजरी (सन् 1528) में हुआ। औरंगजेब ने हनुमानगढ़ी में मस्जिद का निर्माण किया।

...बैरागियों ने उस मस्जिद को नष्ट कर उसके बदले एक मंदिर खड़ा कर दिया। बाबरी मस्जिद में, जहाँ सीता की रसोई स्थित थी, वहाँ खुले में भगवानों की मूर्ति की पूजा की जाने लगी।

इतिहासकार मीनाक्षी जैन (राम एंड अयोध्या, आर्य बुक्स इंटरनेशनल, पृष्ठ-121-123) इस संबंध में मुस्लिम स्रोतों से कुछ और रोचक तथ्य सामने लेकर आईं। "सन् 1822 में, फैजाबाद न्यायिक अदालत में हफीजुल्लाह नामक अधिकारी ने कहा कि 'इस मस्जिद का निर्माण बाबर ने राम के जन्मस्थान पर किया।' (नूरानी, फ्रंटलाइन, 17.7.1998)"

इसके बाद अयोध्या को लेकर हिंदुओं की भक्ति के संबंध में एक अन्य स्रोत हाथ लगा। 12 अगस्त, 1855 को अवध के अंतिम नवाब वाजिद अली शाह (1847-56) ने ब्रिटिश रेजिडेंट मेजर जेम्स आउटरम को एक पर्चा भेजा, जिसमें पाँच दस्तावेज संलग्न थे, जो हिंदुओं एवं मुसलमानों के बीच लंबे समय से चले आ रहे विवाद के बारे में 28 दिसंबर, 1855 को (नं.-351-358 & KW) कुछ बातें सुनिश्चित करते हैं।

ये दस्तावेज इस प्रकार हैं—

1. मुहम्मद निहाल-उद्दीन के एक दस्तावेज में, राजा द्वारा अवध की दरगाह की इस बात की पुष्टि के लिए प्रतिनियुक्त की गई थी कि हनुमानगढ़ी में पहले कोई मस्जिद मौजूद थी अथवा नहीं।
2. हफीजुल्लाह, फैजाबाद की दरगाह के दस्तावेज।
3. फैजाबाद के इमाम का दस्तावेज।
4. सन् 1735 में फैजाबाद के काजी की सीलयुक्त कागज की एक प्रति।

5. हिंदुओं एवं मुस्लिमों के बीच के फसाद को लेकर फैजाबाद के चालीस प्रमुख निवासियों का सीलबंद बयान।

एक और परचा, जिसमें मस्जिद के निर्माण को लेकर हुई लड़ाई, "जिसमें दिल्ली के पूर्व सम्राट् ने कहा था कि यह तथ्य व्यर्थ है," की बात अवध के प्रथम नवाब बुरहान-उल-मुल्क-सादत खान (1722-1739) के समय जोर पकड़ी। पर इसके बाद हिंदुओं ने यह घोषित कर दिया कि उनकी 'मस्जिद में दखल' देने की कोई मंशा नहीं है।

नवाब ने यह बात कही कि "इन कागजों पर लिखी गई बातों के अनुसार हिंदुओं पर सारा इल्जाम डाला गया और उनके अत्याचार की बातें कही गईं।" उन्होंने यह सुनिश्चित किया, "मौजूदा राजा के शासनकाल में मस्जिद और हिंदुओं के पूजास्थल मंदिर के बीच की बाड़ को तोड़ डाला गया। मोहम्मदियों के दफन के दिन, जो मस्जिद के दरवाजे के सामने गड्ढे में डाले जाते हैं, हिंदुओं ने मस्जिद में एक सूअर की बलि चढ़ाई और उसकी त्वचा को उड़ा दिया।" उन्होंने मस्जिद के पास शहीद ख्वाजा हुती के मकबरे को भी नष्ट कर दिया। नवाब ने इस बात की शिकायत की कि बैरागी संख्या में बहुत ज्यादा नहीं थे, पर उनके पीछे अधिकांशतः राजा मान सिंह एवं राजा किशन दत्त एवं अन्य जमींदारों के सहायक थे। अधिकांश परिवार अवध को छोड़कर फैजाबाद में जाकर बस गए।

14 अगस्त, 1855 को ब्रिटिश रेजिडेंट ने अपने जवाब में कहा कि इसमें संलग्न प्रस्तुतियाँ एकदम गलत हैं और उन्होंने सारा का सारा दोष हिंदुओं पर डाल दिया। (एन.ए.आई. फॉरेन डिपार्टमेंट पॉलिटिकल, 28 दिसंबर, 1855; 351-8 & KW)

□

5

1949 : एक नया मोड़

सन् 1528 में श्रीराम के मंदिर के विध्वंस को लेकर अयोध्या एवं खासकर रामजन्मभूमि को लेकर लगातार संघर्ष चलता रहा।

मंदिर के विध्वंस एवं बाबर द्वारा मस्जिद निर्माण के बाद श्रीराम के भक्त रामजन्मभूमि में हमेशा से ही पूजा करते रहे।

त्रिस्थलीसेतु (पं. नारायण भट्ट द्वारा हिंदुत्व पर लिखा गया बहुत प्रामाणिक ग्रंथ, जिसमें बताया गया है कि पवित्र स्थलों में जाकर कैसे धार्मिक पूजा-पाठ करें) ने तीन स्थितियाँ बताई हैं, जिसके तहत पूजा-पाठ किया जा सकता है। ये तीन प्रकार की स्थितियाँ हैं—

1. अगर भगवान् की मूर्ति उनके असली स्थान से हटा दी गई है और वहाँ पर कोई अन्य मूर्ति प्रतिस्थापित नहीं की गई है तो वहाँ जो भी चीज मौजूद है, उस स्थान में मौजूद उस चीज को मूर्ति की तुलना देकर उसी पवित्रता से पूजा जाए।
2. अगर किसी मूर्ति को हटाकर वहाँ नई मूर्ति को उसके बदले रखा गया है तो नई मूर्ति की पूजा होगी।
3. अगर ऐसी स्थिति आ जाए कि वहाँ कोई मूर्ति नहीं है, जैसे मुस्लिम राज में हुआ था तो ऐसे में उस स्थल की पूजा की जाएगी। उस स्थल को भी भगवानस्वरूप माना जाएगा, इसलिए जब अयोध्या में बाबर द्वारा जन्मभूमि मंदिर तोड़ा गया था, तब भक्तजनों ने वेदी (सिंहासन) को ही पूजना शुरू कर दिया था।

भारत के स्वतंत्र होने के दो वर्ष के बाद ही सन् 1949 में रामजन्मभूमि संघर्ष ने एक नया मोड़ ले लिया था। 1949 में भगवान् राम के भक्तों ने उत्तर प्रदेश सरकार के समक्ष एक याचिका प्रस्तुत की, जिसमें रामजन्मस्थान (भगवान् राम के जन्मस्थान) में एक मंदिर के निर्माण की अनुमति की माँग की गई दिनांक 20 जुलाई, 1949 को उत्तर प्रदेश सरकार के सहायक सचिव ने फैजाबाद जिला मजिस्ट्रेट के.के. नायर को पत्र लिखकर उत्तर की माँग की और इसकी एक प्रति कमिश्नर, फैजाबाद डिविजन को भी भेजी गई।

जिला मजिस्ट्रेट ने अपनी रिपोर्ट 10 अक्तूबर, 1949 को प्रस्तुत की। इस रिपोर्ट में कहा गया है, "हिंदू जनता ने एक याचिका प्रस्तुत की, जिसमें उन्होंने माँग रखी कि उस स्थान में उस छोटे से मंदिर के बदले एक सुंदर एवं विशाल मंदिर बनाया जाए। इस रास्ते में और अनुमति में कुछ और चीजें बीच में नहीं आ सकतीं, क्योंकि हिंदू जनसंख्या, जिस स्थान पर भगवान् रामचंद्रजी पैदा हुए थे, वहाँ एक भव्य मंदिर का निर्माण चाहती थी। वह स्थान जहाँ मंदिर बनाया जाना था, वह नजुल के पास है।"

नायर ने गृह सचिव, उत्तर प्रदेश को 16 दिसंबर, 1949 को एक रोचक पत्र लिखा। यह पत्र वायरलेस संदेश के जवाब में उन्हें गृह सचिव के पत्र आने से एक हफ्ता पहले लिखा था।

नायर ने साइट प्लान को एक अनुलग्नक के रूप में पत्र में संलग्न किया था, जिसमें रामजन्मभूमि में बाबरी मस्जिद एवं भगवान् राम के मंदिर की स्थिति को दिखाया गया था। उन्होंने इस पत्र में यह भी लिखा था कि 16वीं सदी में विक्रमादित्य ने इस स्थल पर एक खूबसूरत मंदिर का निर्माण किया था। बाबर ने न सिर्फ इस मंदिर का विध्वंस किया, इसे बाबरी मस्जिद के नाम से जाना गया, इसके निर्माण के लिए मंदिर की निर्माण सामग्री ही प्रयुक्त हुई थी। उन्होंने आगे बताया कि "जो मुस्लिम हर दिन मस्जिद जाते थे, वे भी इस मंदिर के सामने से होकर जाते थे और इस बात को लेकर वहाँ कभी-कभार झड़प भी हो जाती थी, क्योंकि मुस्लिम वहाँ से जाते हुए पहले अपने जूते नहीं उतारते थे।"

यहाँ पर दिसंबर 1949 में फैजाबाद जिला प्रशासन द्वारा उत्तर प्रदेश सरकार के गृह विभाग को दी गई रिपोर्ट के कुछ अंश इस प्रकार हैं—

"इस साल में भी कभी, लगभग अक्तूबर या नवंबर में बैरागियों द्वारा कब्र के टीले आंशिक तौर पर तोड़ दिए गए, जो मंदिर को लेकर मुस्लिम संस्थाओं से बहुत नाराज थे। 12 नवंबर, 1949 में उस स्थान पर वहाँ एक पुलिस टुकड़ी तैनात हुई। वह टुकड़ी आज भी वहाँ पूरी ताकत के साथ लगी हुई है।"

"इसके अलावा अन्य बार भी बहुत सारी कोशिशें हुईं, जब कब्र के टीले तोड़े गए। इस संदर्भ में चार लोगों को गिरफ्तार किया गया और उनके विरुद्ध न्यायिक कार्यवाही हुई, पर कुछ दिनों से अब ऐसी कोई कोशिशें नहीं हो रही हैं। अधिकांशत: फैजाबाद के मुसलमान इन घटनाओं को बढ़ा-चढ़ाकर पेश कर रहे थे और रिपोर्टों को पैसों के बल पर खरीदते थे, जिसमें व्यापक रूप से लिखा जाता था कि बड़ी मात्रा में कब्रों को नुकसान पहुँचाया जा रहा है। यह पूरी तरह से एक झूठी बात थी, जो इस इच्छा से प्रेरित थी कि हिंदुओं को इस क्षेत्र में अधिकार करने से रोका जाए या जितना मिला था, उन्हें उससे ज्यादा अधिकारों का उपयोग करने से रोका जाए।"

यहाँ तक कि अधिकारी भी राम मंदिर के मुद्दे पर विभिन्न स्तरों पर एक-दूसरे से पत्र व्यवहार कर रहे थे, हिंदुओं ने 22-23 दिसंबर, 1949 की रात में इस बात का दावा किया कि रामलला (भगवान् राम का बालस्वरूप) ने अपने स्वरूप के दर्शन दिए हैं। गर्भगृह में एक मूर्ति के रूप में इस स्वरूप के प्राकट्य होने की बात कही गई। वहीं जिन लोगों ने राम मंदिर का विरोध किया, उन्होंने दावा किया कि अयोध्या के कुछ संन्यासियों ने जान-बूझकर उस स्थल पर मूर्ति लाकर रख दी।

23 दिसंबर, 1949 को एक सब-इंसपेक्टर रामदेव दुबे द्वारा एक एफ.आई.आर. दायर की गई, जो इस मामले में स्थानीय पुलिस स्टेशन के प्रभारी भी थे।

पूर्व में 29 नवंबर, 1949 को लिखित पत्र में फैजाबाद के एस.पी. कृपाल

सिंह ने अपनी गहरी आपत्ति जताई, जिसमें लिखा गया था कि 30 नवंबर, 1949 को हिंदुओं ने मस्जिद में घुसकर जबरदस्ती मूर्ति स्थापित की।

कृपाल सिंह ने अपने वरिष्ठ कर्मियों को दिनांक 2 फरवरी, 1950 को एक पत्र लिखकर इस बारे में अवगत कराया कि 23 दिसंबर, 1949 को इस घटना के बारे में कोई पूर्वानुमान नहीं लगाया गया। जिला मजिस्ट्रेट नायर ने अपनी रिपोर्ट व डायरी में यह लिखा था कि 23 दिसंबर, 1949 को उस भीड़ को नियंत्रित किया गया और उसमें कुछ चुनिंदा लोगों को कुछ खास अनुष्ठान करने दिए गए, जिससें शामिल थे, अभिराम दास, रामशुक्ल दास और सुदर्शन दास।

इस रिपोर्ट में यह भी वर्णित था कि राज्य सरकार द्वारा मूर्ति को हटाना संभव नहीं था, नहीं तो वहाँ हत्याएँ हो जातीं और वह बहुत अनुपयुक्त होता। 25 दिसंबर, 1949 की इंट्री में यह बताया गया है कि पूजा और भोग की रसम पहले जैसे ही अदा की गई है। 27 दिसंबर, 1949 की सुबह 9.30 बजे की डायरी रिपोर्ट कहती है कि डी.एम. ने सीधे तौर पर सरकारी आदेशों का पालन करने से स्पष्ट रूप से मना कर दिया, जिसमें मूर्ति को हटाने की बात कही गई थी, "और अगर सरकार तब भी इस बात पर जोर देती तो उस मूर्ति को इस तथ्य के आधार पर हटाया जाता कि मेरी जगह किसी अन्य अफसर को यहाँ पदस्थापित कर दिया जाए।"

फैजाबाद के डीएम ने दिनांक 26 एवं 27 दिसंबर, 1949 को मुख्य सचिव, उत्तर प्रदेश सरकार, श्री भगवान सहाय को दो पत्र लिखे। इन पत्रों में उन्होंने इस बात पर जोर दिया कि यह घटना 22-23 दिसंबर, 1949 को हुई, जो अकल्पनीय थी और इसे बदला नहीं जा सकता। उन्होंने इसमें बहुत ज्यादा रुचि दिखाने के लिए सरकार की भर्त्सना भी की।

26 दिसंबर, 1949 को लिखे पत्र में उन्होंने मुख्य सचिव भगवान सहाय को संबोधित किया, उन्होंने न सिर्फ उस मूर्ति को हटाने को लेकर अपनी अक्षमता की संभावना व्यक्त की, बल्कि स्पष्ट रूप से यह भी बताया कि "इस कार्य को लेकर जनता की संवेदनाएँ एवं उनका भारी समर्थन भी साथ में है।"

उन्होंने कहा, "मस्जिद में सिर्फ मंदिर के प्रांगण से ही प्रवेश किया जा सकता है और वह रास्ता हमेशा ही सुलभ होगा। आगे, मंदिर का प्रांगण हर घंटे लोगों से भरा होगा, जबकि मस्जिद हमेशा ही खाली रहती है और सिर्फ शुक्रवार की नमाज के लिए लोग उसमें एक घंटे के लिए आते हैं।"

नायर ने इस बात का भी उल्लेख किया कि "एक सुनसान एवं लगभग अप्रयुक्त मस्जिद में पुलिस का पहरा लगाने में बहुत ज्यादा खर्चा भी हो रहा है।"

यह बहुत महत्त्वपूर्ण बात है कि मस्जिद के तथाकथित गलत इस्तेमाल या उसमें रुकावट की बात को लेकर किसी एक मुसलमान ने कोई एफ.आई. आर. तक दायर नहीं की।

गृह सचिव को एक अन्य पत्र में नायर ने मस्जिद में से मूर्ति को हटाने की एक योजना के बारे में भी सूचित किया। उनके अनुसार इससे पूरे जिले में दोनों समुदायों के बीच शांति स्थापित करने में खतरा उत्पन्न होगा। उनके अनुसार, "इस आंदोलन के पीछे की भावना और इसे ठीक करने के संकल्प के समर्थन को कम करके नहीं आँका जाना चाहिए।"

उन्होंने आगे कहा, "मुझे जिले में एक भी हिंदू, यहाँ तक कि एक पुजारी भी नहीं मिलेगा, जो मूर्ति को वहाँ से हटाने के लिए किसी भी प्रकार का प्रलोभन स्वीकार करेगा।"

उनकी रिपोर्ट/डायरी में दिनांक 30 दिसंबर, 1949 को यह वर्णित था कि जब मुख्य सचिव उस स्थान पर पहुँचे तो वहाँ उपस्थित भीड़ ने जोर-जोर से नारे लगाने शुरू कर दिए कि "भगवान् का फाटक खोल दो।"

29 दिसंबर, 1949 को सी.आर.पी.सी. की धारा 145 के तहत मार्कंडेय सिंह, अतिरिक्त शहर मजिस्ट्रेट, फैजाबाद-अयोध्या ने एक प्राथमिक आदेश जारी किया, जिसके साथ ही एक अटैचमेंट ऑर्डर भी पास किया, जिसमें उस परिस्थिति का तुरंत समाधान करने की बात की गई। उस विवादित स्थल को प्रियदत्त राम को, म्युनिसिपल बोर्ड को दिए जाने का निर्देश था। पूरा आदेश नीचे दिया गया है—

"मैं मार्कंडेय सिंह, प्रथम श्रेणी का मजिस्ट्रेट और अतिरिक्त जिला मजिस्ट्रेट फैजाबाद-अयोध्या हूँ। पुलिस एवं अन्य विश्वस्त स्रोतों के द्वारा प्राप्त सूचना से मैं पूरी तरह से संतुष्ट हूँ, जिसमें यह बताया गया है कि अयोध्या में हिंदुओं एवं मुसलमानों के बीच में विवाद का मुद्दा बाबरी मस्जिद है, जो जन्मभूमि मंदिर की इमारत में है और विवाद उसके स्वामित्व एवं पूजा-पाठ को लेकर है, यह मोहल्ला रामकोट में स्थित है और यह मेरे अधिकार-क्षेत्र में आता है, सिर्फ इसके कारण यह शांति बहाल करने में दिक्कत आ रही है, इसलिए मैं यहाँ निम्नलिखित पार्टियों के नाम ले रहा हूँ—

1. वे मुस्लिम, जो अयोध्या के प्रामाणिक निवासी हैं या जो विवादित स्थल में स्वामित्व या वहाँ नमाज करने का दावा पेश करते हैं।
2. वे हिंदू, जो अयोध्या के प्रामाणिक निवासी हैं या जो विवादित स्थल पर स्वामित्व या वहाँ पूजा करने का दावा पेश करते हैं, वे मेरे पास 17 जनवरी को 11 बजे अयोध्या पुलिस स्टेशन में अकेले या याचिकाकर्ता के रूप में पेश हुए और उन्होंने इस संदर्भ में अपने-अपने दावे लिखित में पेश किए, जो विवाद के विषय में असली स्वामित्व को लेकर थे। यह मामला आपातकालीन होने के कारण मैं उस इमारत से संबंधित विचाराधीन निर्णय को संलग्न कर रहा हूँ।

"अयोध्या पुलिस स्टेशन के स्टेशन ऑफिसर द्वारा यह अटैचमेंट किया जाएगा, जो फिर यह अनुलग्नक श्री प्रियदत्त राम, चेयरमैन, म्यूनिसिपल बोर्ड, फैजाबाद-कम-अयोध्या को देगा, जो बाद में इसके प्राप्तकर्त्ता बनेंगे और वह इस विवादित संपत्ति की देखभाल के लिए किसी का इंतजाम करेंगे। विवादित संपत्ति के मैनेजमेंट के लिए प्राप्तकर्त्ता एक योजना की मंजूरी देंगे, जिस मैनेजमेंट की लागत की कीमत दोनों ही पार्टियाँ वहन करेंगी और समय-समय पर एक खास अनुपात में खर्चा करेंगी। सूचना के अभाव में इस आदेश के विवाद में शामिल 38 पार्टियों के नाम, पता आदि इन प्रकाशनों में प्रकाशित किए जाएँगे—1. द इंग्लिश डेली, द लीडर, इलाहाबाद, 2. द उर्दू

वीकली, अख्तर, फैजाबाद, 3. द हिंदी वीकली विरक्त अयोध्या। इन आदेशों की प्रतियाँ विवादित स्थलों की दीवारों एवं अयोध्या पुलिस स्टेशन के नोटिस बोर्ड में प्रदर्शित की जाएँगी। 29 दिसंबर, 1949 को यह आदेश मेरे हाथ से जाएगा और इसमें कोर्ट की मुहर लग जाएगी।"

पैरे के अंत में और 'संलग्नक की शुरुआत में' एक पंक्ति थी, जो स्वयं मजिस्ट्रेट ने बनाई थी। मजिस्ट्रेट ने धारा 145, सी.आर.पी.सी. के तहत इस केस को स्थानांतरित करने के लिए ट्रांसफर आवेदन को लेकर अपने उत्तर में यह स्वीकार किया। मजिस्ट्रेट ने बताया कि उन्होंने उस वाक्य का फायदा आदेश में हस्ताक्षर करने से पहले उठाया, जो कि बाद में किसी काम का नहीं था। इस पूरी कार्यवाही के असली रिकॉर्ड्स को धारा 145, सी.आर.पी.सी. को इन मुकदमों में तलब किया गया है। इसकी संपाददन में प्रथम नाम ही नहीं था। वह वाक्य भी बहुत मुश्किल से पढ़ा जा रहा था। इसमें यह प्रभाव था कि पूजा/दर्शन उसी तरह से जारी रहेंगे, जैसे अभी हो रहे हैं। श्री प्रियदत्त राम ने 5 जनवरी, 1950 को पदभार सँभाला और उन अटैच संपत्तियों की सूची बनाई। 1 से 14 तक और 16 से 20 तक वस्तुएँ चल संपत्तियों से संबंधित हैं, जिसमें मूर्तियाँ भी शामिल हैं। वस्तु नं. 15 उस इमारत से संबंधित है, जिसमें तीन गुंबद इमारत के साथ आँगन और चारदीवारी शामिल हैं और उसकी पूर्वी सीमा राम के चबूतरा मंदिर से संबंधित है, जिसका स्वामित्व निर्मोही अखाड़ा के पास है और उसी मंदिर का आँगन भी वहाँ स्थित है। उत्तर की ओर की चारदीवारी हट छत्ती आँगन और निर्मोही अखाड़ा के रूप में वर्णित है। प्राप्तकर्त्ता श्री प्रियदत्त राम ने डीएम को मैनेजमेंट की एक योजना प्रस्तुत की (प्राथमिक आदेश के अनुसार), जिसमें बताया गया है, "प्रबंधन की सबसे महत्त्वपूर्ण चीज है, भोग और पूजा का रखरखाव उसी तरह से हो, जब मैंने इसका कार्यभार सँभाला था।"

मुसलमानों ने यह बात मानी कि 23 दिसंबर, 1949 से वह मस्जिद में नमाज अदा नहीं कर पा रहे हैं।

इस विवाद में मुस्लिम और कुछ हिंदू पार्टियों ने बताया कि भगवान् राम की

मूर्ति, जो बाहरी आँगन के चबूतरे में थी, वह उस इमारत के केंद्रीय गुंबद के नीचे स्थानांतरित कर दी गई। मुस्लिमों के आगे के मामले के अनुसार, उस मूर्ति को केंद्रीय गुंबद के नीचे मंच पर रखा गया था, जबकि शुक्रवार को इमाम (जो समूह में प्रार्थना कराते थे) वह खुत्बा पढ़ते थे (शुक्रवार की प्रार्थना से पहले उपदेश)।

ऐसा लगता है कि 23 दिसंबर, 1949 से, सबसे पहले कार्यकारी अधिकारियों के निर्देश और उसके बाद मजिस्ट्रेट के आदेश के तहत धारा 145 सी.आर.पी.सी. के तहत कार्यवाही हुई, जिसमें सिर्फ दो या तीन पंडितों को अंदर उस जगह पर जाने की अनुमति थी, जहाँ मूर्ति को विभिन्न धार्मिक समारोहों जैसे भोग एवं पूजा आदि के लिए रखा गया था और आम जनता को जाली-ईंटों की दीवार से ही दर्शन की अनुमति थी। टाइटल अपील के नाम से मशहूर यह 41 अपील हैं, जो सिविल जज, फैजाबाद के सामने दिनांक 16 जनवरी, 1950, 17 दिसंबर, 1959, 18 दिसंबर, 1961 और 1 जुलाई, 1989 को स्थापित की गई थीं।

अयोध्या में हो रहे इन घटनाक्रमों की सूचना राष्ट्रीय राजधानी में उप-प्रधानमंत्री सरदार वल्लभभाई पटेल के पास पहुँच गई थी, इसलिए उन्होंने उत्तर प्रदेश के मुख्यमंत्री श्री गोविंद बल्लभ पंत को (9 जनवरी, 1950) एक पत्र लिखकर अपने विचार लिखे कि इस मुद्दे को दोनों समुदायों के बीच सौहार्द और आपसी भाईचारे को देखते हुए जल्दी-से-जल्दी सुलझाया जाए। उन्होंने लिखा, "मुझे इस बात का पूरा एहसास है कि इस कदम के पीछे काफी बड़ी भावना काम कर रही है। इसके साथ ही ऐसे मुद्दे का शांतिपूर्वक निपटान तभी हो सकता है, जब हम इस मुद्दे पर अपने साथ मुस्लिम समुदाय की सहमति लें।"

हालाँकि अधिकांश हिंदुओं की भावनाओं के इतर तत्कालीन प्रधानमंत्री जवाहरलाल नेहरू इस घटनाक्रम से कश्मीर के अल्पसंख्यकों पर पड़नेवाले प्रभाव से ज्यादा चिंतित थे।

16 जनवरी, 1950 को गोपाल विशारद ने एक याचिका दायर की। (सन् 1950 की रेगुलर याचिका नं. 2, जिसे बाद में याचिका नं. 1 कहा गया है।) वादी विशारद ने यह दावा किया कि जन्मभूमि में वह श्रीरामचंद्रजी

की मूर्ति और चरणपादुका की पूजा किया करता था। उसकी चारदीवारी यह इंगित करती है कि पूर्व में भंडार और चबूतरा था, उत्तर में सीता की रसोई और पश्चिम और दक्षिण की ओर परती था। यह संभवत: निर्माण स्थल और भीतरी आँगन की ओर था। इसमें आगे याचना की गई कि बीमारी के कारण वादी उस विवादित स्थल में, इमारत/पूजा की जगह की ओर नहीं जा रहा है और फिर 14 जनवरी, 1950 को वह वहाँ फिर से पूजा एवं दर्शन के लिए गया, प्रतिवादी नं. 6, उत्तर प्रदेश राज्य, लखनऊ और उनके कर्मचारियों ने याचिकाकर्ता को अंदर जाने से रोका, जहाँ श्री रामंचद्रजी एवं अन्य प्रतिमा को स्थापित किया गया है और यह एक से पाँच प्रतिवादियों के अनुचित आग्रह पर किया गया है (सभी अयोध्या के निवासी हैं और उनमें से अब सभी मर गए हैं और उन्हें प्रतिस्थापित नहीं किया जा सकता)। वादी ने यह भी जिक्र किया है कि राज्य एवं उसके कर्मचारी, अर्थात् उनके उत्तरदाता संख्या 7-9, के.के. नायर, उपायुक्त फैजाबाद, मार्कंडेय सिंह, अतिरिक्त जिला मजिस्ट्रेट, फैजाबाद और रामकृपाल सिंह, एस.पी. फैजाबाद (जिनके नाम अब मिटा दिए गए हैं और सिर्फ पद लिखे गए हैं) वह हिंदू जनता को मौजूद जगह से मूर्ति हटाने के लिए दवाब डाल रहे थे। वादी द्वारा जिस राहत का दावा किया गया था, उसके तहत उसके धर्म और रिवाजों के अनुसार वह जन्मभूमि में श्री भगवान रामचंद्र और अन्य के दर्शन और उन मूर्तियों के समीप बिना किसी बाधा के जा सकते हैं और प्रतिवादी नं. 6 एवं 9 को कोई अधिकार नहीं है कि वह उक्त अधिकारों में कोई हस्तक्षेप करे। प्रतिवादी नं. 6-10 (प्रतिवादी नं. 10 सुन्नी सेंट्रल वक्फ बोर्ड, उत्तर प्रदेश, जो 1989 में जोड़ा गया), के विरुद्ध निषेधात्मक निषेधाज्ञा लगाई गई। 1990 में प्रतिवादी नं. 11 निर्मोही अखाड़ा को जोड़ा गया। प्रतिवादी नं. 6-10 के लिए यह निषेधाज्ञा की माँग की गई कि वह भगवान रामचंद्र व अन्य की प्रतिमा को उस जगह से नहीं हटाएँगे, जहाँ वह स्थापित हुए हैं, साथ ही वह रास्ता भी बंद नहीं करेंगे, जो उस ओर जाता है और वह किसी भी रूप में पूजा एवं दर्शन में भी हस्तक्षेप नहीं करेंगे। मूलवादी श्री जी.एस. विशारद की मृत्यु हो गई और अपील नं.-2

को पहले ही वापस ले लिया गया था। इस स्तर पर यह भी उल्लेख करना आवश्यक है कि 1950 की एक अन्य अपील, नियमित अपील नं. 25 (1989 का ओ.ओ.एस. नं. 2 था,) को जहूर और अन्य सात के विरुद्ध रामचंद्र दास ने दायर किया था। पहले पाँच मुस्लिम प्रतिवादी अयोध्या के निवासी थे और वह प्रतिवादी नं. 1 से 5 थे। प्रतिवादी नं. 6 स्वयं उत्तर प्रदेश राज्य था और प्रतिवादी नं. 7, उपायुक्त, फैजाबाद थे। सुन्नी सेंट्रल वक्फ बोर्ड को 1989 में प्रतिवादी नं. 8 के रूप में जोड़ा गया। वादी द्वारा यह लगभग अपील नं. 1 का हूबहू प्रस्तुतीकरण था, हालाँकि अपील नं. 2 में यह वर्णित था कि धारा 80 के तहत प्रतिवादी नं. 6 एवं 7 को 7 फरवरी, 1950 को नोटिस भेजा जा चुका था। इसका मूल्यांकन भी समान था और मिलनेवाली राहत भी समान थी। वादी के अनुसार विवादित स्थल में 45 जगहों की चारदीवारी का तल भी वही था। वह मुकदमा 5 दिसंबर, 1950 को दायर हुआ था।

हालाँकि उक्त मुकदमे को खारिज करने के लिए वादी द्वारा आवेदन 23 अगस्त, 1990 को किया गया था और 18 सितंबर, 1990 को उसकी अनुमति दी गई थी। ऐसा लगता है कि मुकदमा नं. 2 इसलिए दायर किया गया था कि मुकदमा नं. 1 दायर करने से पहले के तहत धारा 80 (सी.आर.पी.सी.) के तहत नोटिस नहीं दिया गया। इसके बाद मुकदमा नं. 3 निर्मोही अखाड़ा महंत द्वारा दायर किया गया। असली महंत की मृत्यु के बाद उनके शिष्य ने पदभार सँभाला। मुकदमे में प्रतिवादी नं. 1 असल में बाबू प्रियदत्त राम थे, जो धारा 145 सी.आर.पी.सी. के तहत पूरी कार्यवाही में प्राप्तकर्त्ता नियुक्त हुए थे। उसके बाद कोर्ट के आदेश से अक्तूबर 1989 को जमुना प्रसाद उनकी जगह पर नए प्रबंधकर्ता नियुक्त हुए। प्रतिवादी नं. 2-5 थे, उत्तर प्रदेश राज्य, उपायुक्त फैजाबाद, सिटी मजिस्ट्रेट और एस.पी. फैजाबाद। फेकु, प्रतिवादी नं. 6 थे, पर उनकी मृत्यु के बाद उनके लड़के उनकी जगह पर आए। मोहम्मद फेकु प्रतिवादी नं. 7 थे। अच्छन मियाँ, प्रतिवादी नं. 8 थे। दिनांक 3 दिसंबर, 1991 को कोर्ट के आदेश के अनुसार प्रतिवादी नं. 11 के रूप में मोहम्मद फारुक को जोड़ा गया। कोर्ट के आदेश के अनुसार दिनांक 3 दिसंबर, 1991

को उत्तर प्रदेश सुन्नी सेंट्रल बोर्ड ऑफ वक्फ, लखनऊ को प्रतिवादी नं. 9 के रूप में जोड़ा गया। दिनांक 28 जनवरी, 1989 को उनके निजी आवेदन के कारण उमेश चंद्र पांडेय को प्रतिवादी नं. 10 के रूप में जोड़ा गया। वादी निर्मोही अखाड़ा का केस था कि अयोध्या में काफी लंबे समय से रामनंदी नामक निर्मोहियों का मठ एवं अखाड़ा मौजूद था, जो जनसामान्य के लिए एक धार्मिक संस्था थी। इसमें यह जोड़ा गया कि जन्मस्थान को सामान्यतः जन्मभूमि कहा जाता था, जो मामला दायर करने के समय भगवान रामचंद्र का जन्मस्थान था, पर वह हमेशा से ही निर्मोही अखाड़े का था, वह अपने महंत के जरिए उस स्थान को मिली दान-दक्षिणा और प्रसाद आदि का प्रबंधन करता था। वादी द्वारा अनुच्छेद 3 में यह दावा किया गया है कि जन्मभूमि के 47 स्थान पुरातन काल से हैं। विवादित स्थल का मानचित्र वादी ने साथ में संलग्न किया, जिसमें पूरे परिसर का मंदिर के रूप में दावा किया गया है।

□

6

रामजन्मभूमि आंदोलन

(1983-1992)

सन् 1983 में अयोध्या में राममंदिर बनाने का सुझाव उत्तर प्रदेश के वरिष्ठ कांग्रेसी नेता दाऊ दयाल खन्ना ने उठाया। उन्होंने अयोध्या, मथुरा और काशी (वाराणसी) के मंदिरों की मुक्ति का मुद्दा पहले भी उठाया था। खन्ना राज्य में चंद्रभानु गुप्ता की कांग्रेस सरकार में कैबिनेट मंत्री थे। गुप्ता उत्तर प्रदेश के तीसरे मुख्यमंत्री रहे थे।

खन्ना ने मुजफ्फरनगर (उ.प्र.) में सन् 1983 में एक बैठक में निजी रूप में यह मुद्दा उठाया, जिसमें उन्होंने अयोध्या, मथुरा और काशी—तीनों जगहों के मंदिरों के पुनरुत्थान की माँग की। उस बैठक का आयोजन हिंदू जागरण मंच ने किया था।

खन्ना ने इस प्रस्ताव को 1984 में नई दिल्ली में विश्व हिंदू परिषद् की एक बैठक में फिर से पेश किया। इस बैठक को धर्म संसद् (धर्म की संसद्) कहा जाता था और पूरे देश से संतों का समागम इस बैठक में शामिल होता था। इस प्रस्ताव को सर्वसम्मति से पारित किया गया। इसके बाद महंत अवैद्यनाथ की अध्यक्षता में 'रामजन्मभूमि मुक्ति यज्ञ समिति' की स्थापना हुई। दाऊदयाल खन्ना को इस नई इकाई का महासचिव नियुक्त किया गया।

श्रीरामजन्मभूमि मुक्ति यज्ञ समिति की स्थापना अयोध्या में श्रीराम के जन्मस्थान में भव्य मंदिर के निर्माण हेतु की गई। इसका पहला कार्यक्रम श्रीराम-जानकी रथयात्रा सीतामढ़ी (बिहार) से दिल्ली तक 25 सितंबर,

1984 को शुरू हुई। उसके बाद ऐसी छह और यात्राएँ उत्तर प्रदेश में सन् 1985 को विजयादशमी के दिन से शुरू हुईं। इस कार्यक्रम को लोगों ने खूब सराहा।

1 फरवरी, 1986 को फैजाबाद (अब अयोध्या) के तत्कालीन जिला मजिस्ट्रेट ने वकील उमेश चंद्र पांडेय द्वारा दायर याचिका के तहत श्री रामजन्मभूमि के ताले को खोलने के आदेश दिया। 1989 में हाईकोर्ट ने ताले को खोलने के विरुद्ध सभी अपीलों को खारिज कर दिया।

जब ताला खोला गया तो श्रीरामजन्मभूमि के तीनों गुंबद ध्वस्त हो चुके थे, फिर समिति ने एक विशाल मंदिर बनाने का निर्णय लिया। कर्णावती (अहमदाबाद) के श्री चंद्रकांत भाई सोमपुरा को प्रस्तावित मंदिर की रूपरेखा बनाने कर निर्णय लिया गया। विभिन्न स्तर के राय-मशविरे के बाद जो ड्राफ्ट अंतिम रूप से स्वीकार हुआ, उसमें मंदिर को दो तल का बनाने का निर्णय हुआ। मंदिर में राजस्थान के भरतपुर जिले के बाँसी पहाड़पुर के बलुआ पत्थर का प्रयोग होगा। इस मंदिर के निर्माण में लोहे का प्रयोग नहीं होगा। मंदिर के हर तल में 106 खंभे होंगे, जिनकी ऊँचाई जमीन से 16.5 फीट होगी और पहले तल में इसकी ऊँचाई 14.5 फीट होगी। हर तल में 185 बीम होंगे और वह भी पत्थर के ही बने होंगे और बीम की अधिकतम लंबाई 16 फीट होगी। मंदिर का ढाँचा संगमरमर का बना होगा, जिसमें प्रवेश द्वार में लकड़ी का दरवाजा लगाया जाएगा।

इस मंदिर की नींव स्थापना हेतु राष्ट्रीय स्तर पर एक अभूतपूर्व अभियान चलाया गया। प्रस्तावित राम मंदिर के चित्र के साथ 1.25 पैसे का एक छोटा सा कूपन बनाना प्रस्तावित हुआ और वह हर उस व्यक्ति को दिया जाएगा, जो राम मंदिर के निर्माण हेतु कुछ पैसा देना चाहता है। इसके साथ ही पूरे देश में कुछ लोगों के दल द्वारा शिलापूजन (ईंटों की पूजा) भी किया गया। ऐसे समारोह घरों में, कार्यालयों में, सार्वजनिक स्थानों में, मंदिरों में और जहाँ संभव हो सके, वहाँ किए गए।

उन्होंने ईंटों की पूजा की और उन्हें अयोध्या भेज दिया कि वह राम मंदिर

की आधारशिला के समय इस्तेमाल होंगे। ऐसी करीब 2.75 लाख ईंटें देश के लगभग हर कोने से भेजी गईं।

10 नवंबर, 1989 को प्रस्तावित मंदिर के मुख्य द्वार के पास कामेश्वर चौपाल द्वारा राम मंदिर की आधारशिला रखी गई। चौपाल पिछड़ी जाति से संबंधित थे।

आम जनता की मदद से मंदिर निर्माण के प्रयासों के कारण समिति ने निर्णय लिया कि कारसेवा का आयोजन किया जाए। कारसेवा करने का यह दिन 23-24 जून, 1990 को हरिद्वार में संपन्न हुआ (जो उस समय उत्तर प्रदेश का हिस्सा था, क्योंकि उस समय उत्तराखंड अस्तित्व में नहीं आया था)। उस समय के मुख्यमंत्री मुलायम सिंह ने कहा कि प्रस्तावित कारसेवा स्थल जो कि भगवान् राम का जन्मस्थान है, वहाँ एक परिंदा भी पर नहीं मार सकता।

उत्तर प्रदेश पुलिस की कार्यवाही और चाक-चौबंद सुरक्षा के बावजूद हजारों कारसेवक 1 नवंबर, 1990 को अयोध्या पहुँच गए और उन्होंने तीनों गुंबदों में केसरिया ध्वज फहराया। 2 नवंबर, 1992 को सरकारी सुरक्षा अधिकारियों ने गोलियाँ चलाईं, जिसमें अयोध्या की पतली गलियों और सँकरे रास्तों में बहुत सारे कारसेवक मारे गए। उस घटनाक्रम में मारे गए लोगों की आधिकारिक पुष्टि 18 लोगों के रूप में हुई, जबकि गैर-आधिकारिक मौतें इससे कहीं ज्यादा हुईं। चशमदीदों के अनुसार कई सौ लोग मारे गए। इंडिया टुडे में 30 अक्तूबर, 2019 को प्रभाष कुमार दत्ता की प्रकाशित ऑनलाइन रिपोर्ट ने इस घटना की यादें ताजा कर दीं। उस रिपोर्ट का नाम था 'अयोध्या : जब मुलायम सिंह यादव ने बाबरी मस्जिद की ओर बढ़ रहे कारसेवकों पर पुलिस फायरिंग के आदेश दिए,' रिपोर्ट के अनुसार, "जब भाजपा, विहिप और आर.एस.एस. ने अयोध्या में कारसेवा के लिए लोगों का आह्वान किया था, तब सन् 1990 में उत्तर प्रदेश के मुख्यमंत्री मुलायम सिंह यादव थे। वे कारसेवक, जब बाबरी मस्जिद की ओर जा रहे थे, तब पुलिस ने गोली चलाने के आदेश दे दिए।"

"अयोध्या में राममंदिर के लिए अभियान का प्रस्ताव तो आर.एस.एस. की प्रतिनिधि सभा में 1986 में ही पास हो गया था, पर तत्कालीन भाजपा अध्यक्ष एल.के. आडवाणी के नेतृत्व में संपूर्ण राष्ट्र से होकर निकली रथयात्रा ने इसे गति प्रदान की।"

"...केंद्र में सत्तारूढ़ जनता दल के भीतर की उठापठक के कारण वी.पी. सिंह सरकार स्वयं अस्थिर थी। वहीं उत्तर प्रदेश में उसी सरकार के मुख्यमंत्री मुलायम सिंह यादव थे। वह आर.एस.एस., भाजपा एवं विहिप द्वारा चलाए गए अयोध्या अभियान के पूरी तरह से विरोध में थे।"

"उन्हें अयोध्या में किसी तरह घुसने दो। हम उन्हें कानून का अर्थ समझाएँगे। कोई भी मस्जिद नहीं तोड़ी जाएगी।" एल.के. आडवाणी की रथयात्रा के विरोध में मुलायम सिंह ने अक्तूबर 1990 को यह कहा था।

"एल.के. आडवाणी अयोध्या में प्रवेश ही नहीं कर पाए, क्योंकि उन्हें बिहार में जनता दल शासित लालू प्रसाद की सरकार ने गिरफ्तार कर लिया। पर उत्तर प्रदेश के अयोध्या शहर में यह अभियान बहुत बड़ी संख्या में कारसेवकों को अपनी ओर आकर्षित करता गया।"

"जैसे ही उन्होंने बाबरी मस्जिद की ओर बढ़ना शुरू किया, उनका मकसद अभी भी स्पष्ट नहीं था, पर 30 अक्तूबर को कारसेवकों एवं पुलिस के बीच एक भिड़ंत हो गई। 30 अक्तूबर को कारसेवकों के लिए बहुत प्रमुख दिन था। इस कार्यक्रम के आयोजक—विहिप, आर.एस.एस. एवं भाजपा चाहती थी कि बाबरी मस्जिद की जगह पर राममंदिर का निर्माण हो, पर यह नहीं पता था कि कारसेवक उस मस्जिद के साथ क्या करेंगे।"

30 अक्तूबर की सुबह बाबरी मस्जिद के रास्ते में पुलिस ने करीब डेढ़ किमी. लंबी बेरिकेडिंग कर दी। अयोध्या एक अप्रत्याशित सुरक्षा घेरे में थी। वहाँ कर्फ्यू भी लगाया जा चुका था, फिर भी साधु एवं कारसेवक उस इमारत की ओर बढ़े आ रहे थे।

दोपहर तक पुलिस को मुख्यमंत्री मुलायम सिंह से आदेश मिल गए कि कारसेवकों पर गोली चला दी जाए। गोलीबारी से कोहराम मच गया और

भगदड़ मच गई। पुलिस ने अयोध्या की सड़कों से कारसेवकों को चुन-चुनकर मारा।

वहाँ दूसरी बार झड़प 2 नवंबर को हुई, जब कारसेवक वापस आ गए और फिर बाबरी मस्जिद की ओर अपनी यात्रा शुरू कर दी और उन्होंने इस संबंध में एक अलग ही नीति बनाई।

"उन कारसेवकों में औरतें एवं बच्चे भी शामिल हो गए, वह वहाँ तैनात पुलिसकर्मियों के पैर छूने लग गए, जो प्रदर्शनकारियों को आगे बढ़ने से रोक रहे थे। गोली चलाने के दो दिन के बाद उनके पैर छूने की भावना से हैरान पुलिसकर्मी पीछे हट गए और कारसेवक अपना काम करने के लिए आगे बढ़ गए।

सुरक्षाकर्मियों ने उन्हें देखा और चेतावनी दी। कारसेवक हटनेवाले नहीं थे। सुरक्षाकर्मियों ने फिर से गोलियाँ चलानी शुरू कर दीं और ऐसा तीन दिन में दूसरी बार हुआ।

"बहुत लोग इस झड़प में मारे गए। आधिकारिक तथ्य बताते हैं कि 17 लोग मारे गए, पर भाजपा बताती है कि इससे कहीं ज्यादा मौतें हुईं। जो लोग मरे, उसमें कोठारी भाई—राम और शरद—भी शामिल हैं, जो कोलकाता से आए थे। उन्हें बाबरी मस्जिद के ऊपर केसरिया झंडा फहराते हुए 30 अक्तूबर को देखा गया।"

उनका मृत शरीर 2 नवंबर को हनुमानगढ़ी मंदिर के बगल में एक गली में मिला, जो रामजन्मभूमि-बाबरी मस्जिद स्थल के पास में था। ऐसा आरोप लगाया जाता है कि पुलिस ने उन्हें किसी के घर से बाहर खींचकर मारा था।

"...2017 में मुलायम सिंह यादव ने अपने 79वें जन्मदिन पर अपने समर्थकों के कारसेवकों पर गोलियाँ चलाने के अपने आदेश को सही ठहराया था।"

अयोध्या में कारसेवकों की हत्या एक बहुत बड़ा विवाद बन गया। वहीं केंद्र में वी.पी. सिंह की सरकार गिर गई। अयोध्या में कारसेवकों ने 40 दिन का सत्याग्रह (सत्य के नाम पर शांतिपूर्वक प्रदर्शन) किया। अप्रैल 1991 में मुलायम सिंह को मुख्यमंत्री पद से इस्तीफा देना पड़ा।

जब वी.पी. सिंह के बदले चंद्रशेखर प्रधानमंत्री बने तो उनके दूतों ने विश्व हिंदू परिषद् और बाबरी मस्जिद एक्शन कमेटी को इस संबंध में सहमति करवाकर एक-दूसरे से बात करने के लिए राजी कराया। इस वार्त्ता का मुख्य मुद्दा था, अगर इस बात में सहमति बन गई कि विवादित स्थल/बाबरी मस्जिद श्रीरामजन्मभूमि स्थित मंदिर को तोड़कर बनाया गया था तो मुस्लिम इसपर से अपना दावा छोड़ देंगे। दोनों पार्टियाँ इस बात पर सहमत हो गईं कि अपने लिखित साक्ष्यों को गृह राज्य मंत्री को सौंप देंगे और वे दोनों पार्टियों के साथ 25 दिसंबर, 1990 को इस संबंध में बातचीत करेंगे। दोनों ही पार्टियाँ इन साक्ष्यों पर विचार करेंगी और फिर वह गृह राज्य मंत्री को 6 जनवरी, 1991 तक अपने विचार पेश करेंगी। दोनों ही पार्टियों को इन बिंदुओं पर अपनी सहमति और असहमति तैयार करनी होगी और 9 जनवरी, 1991 तक उसे प्रस्तुत कर देना होगा। वे फिर से 10 जनवरी को मिले। इस संबंध में वार्त्तालाप नई दिल्ली के गुजरात भवन में हुआ।

विशेषज्ञ चार श्रेणियों में बात करने के लिए सहमत हुए। वे थीं—इतिहास, पुरातत्त्व, राजस्व प्रबंधन और कानून। ये विशेषज्ञ दो दलों के रूप में 24 जनवरी, 1991 को साक्ष्यों के बारे में शोध करने के लिए पहुँचे। मुस्लिम विशेषज्ञ इतिहास एवं पुरातत्त्व के जानकार थे और उन्होंने लिखित में अपनी बातें रखीं कि उन्हें अपने शोध को प्रस्तुत करने में अभी छह हफ्ते लगेंगे। हिंदू विशेषज्ञ अगली बार 5 फरवरी, 1991 को मिलने के लिए तैयार हो गए। राजस्व और कानून से संबंधित मुस्लिम विशेषज्ञ इस बैठक में नहीं आए, फिर अगली बैठक 25 जनवरी, 1991 को हुई। हिंदुओं की तरफ के विशेषज्ञ गुजरात भवन में 11 बजे पहुँच गए और मुस्लिम विशेषज्ञों का 12.45 तक इंतजार किया। अचानक से मुस्लिम पक्ष के विशेषज्ञों की गैर-मौजूदगी ने इस वार्त्ता को तोड़ दिया।

इस बीच कल्याण सिंह के नेतृत्व वाली भारतीय जनता पार्टी की सरकार ने उ.प्र. में विवादित स्थल के पास 2.77 एकड़ जमीन 10 अक्तूबर, 1991 को तीर्थयात्रियों की सुविधा के लिए अधिगृहीत कर ली। उस अधिग्रहण को

मुस्लिमों ने हाईकोर्ट में चुनौती दी। 25 अक्तूबर, 1991 को एक न्यायिक आदेश पारित किया गया कि उत्तर प्रदेश सरकार उस अधिगृहीत जमीन को अपने कब्जे में ले सकती है, पर वहाँ कोई पक्का निर्माण तब तक नहीं किया जाएगा, जब तक अपील का अंतरिम निपटारा न हो। इस अपील पर अंतिम सुनवाई 4 नवंबर, 1992 को समाप्त हुई और निर्णय को सुरक्षित रखा गया।

उत्तर प्रदेश सरकार के पर्यटन विभाग ने 2.77 एकड़ भूखंड को समतल करने का कार्य अप्रैल 1992 में शुरू कर दिया। इसके अलावा, 80 फीट रोड के निर्माण का काम भी लोक निर्माण विभाग (पी.डब्ल्यू.डी.) ने शुरू कर दिया, जिससे जन्मभूमि स्थल राष्ट्रीय राजमार्ग नं. 8 (लखनऊ-फैजाबाद-अयोध्या-गोरखपुर हाईवे) से जुड़ जाए।

इस जमीन के समतलीकरण के समय मजदूरों को उस स्थल के दक्षिण-पूर्व कोने से विभिन्न रूप, आकार, रूपरेखा के नक्काशीदार पत्थर के टुकड़े मिले। यह टुकड़े 18 जून, 1992 को जमीन से 12 फीट नीचे से प्राप्त हुए। वह टूटे टुकड़े नक्काशीदार एवं अलग-अलग डिजाइन के थे। वह टुकड़े अयोध्या के संग्रहालय में सुरक्षित रखे गए हैं। जिन पुरातत्त्वेत्ताओं ने जुलाई 2-3 को उस स्थल का निरीक्षण किया था, वे इस निष्कर्ष पर पहुँचे कि वे मंदिर के भग्नावशेष हैं, जो 12वीं सदी में उत्तर भारत की विशिष्ट कला के बेजोड़ नमूने हैं। उन अवशेषों में, सबसे महत्त्वपूर्ण है—शिखर, सजावटी जाली, मुख्य बरामदा, स्तंभ-आधार, दरवाजे का खंड, शिव-पार्वती की आकृतियाँ आदि। उस विवादित स्थल के नीचे एक चौड़ी एवं मजबूत जली हुई दीवार की ईंटें भी प्राप्त हुईं।

□

7

विवादित ढाँचे का विध्वंस

मई 1992 में हिंदू धर्म के विभिन्न संप्रदायों के साधु एवं संन्यासी बहुत भारी संख्या में मध्य प्रदेश के उज्जैन प्रांत में एकत्रित हुए। उन्होंने वहाँ एक प्रस्ताव पारित किया कि अब कारसेवा को अगले स्तर पर शुरू किया जाए और राम के जन्मस्थान पर एक बृहत्, अनुपम नए मंदिर का निर्माण किया जाए। तत्कालीन प्रधानमंत्री पी.वी. नरसिम्हा राव से उस समय संतों का एक दल भी मिलने गया और उन्होंने कारसेवा को लेकर अपने संकल्प से अवगत कराया। उन्होंने प्रधानमंत्री से उन मुस्लिम दलों या संस्थाओं के प्रतिनिधियों से वार्त्ता जारी रखने की भी माँग की, जो अयोध्या में राम मंदिर के निर्माण को लेकर आपत्ति प्रकट कर रहे थे।

इस बीच विवादित स्थल के 2.77 की एकड़ जगह में समतलीकरण का काम भी फैजाबाद के जिला मजिस्ट्रेट आर.एन. श्रीवास्तव की देख-रेख में शुरू हो चुका था।

18 जून, 1992 को समतलीकरण के दौरान एक नई पुरातात्त्विक खोज सामने आई। 'रामजन्मभूमि अयोध्या : नई पुरातात्त्विक खोज' (एन.ए.डी.; शर्मा, वाई.डी के.एम. श्रीवास्तव आदि 1992) के अनुसार—

"रामजन्मभूमि मंदिर में जमीन से 12 फीट गहरा खोदने के बाद दक्षिण की ओर और फेंसिंग की तरफ एक बहुत बड़े गड्ढे में सुंदर से नक्काशीदार बादामी रंग के बलुआ पत्थर के टुकड़ों के ढेर पाए गए, जो पुराने ऊपरी तल के नीचे खोदने पर मिले थे।"

सावधानी से शोध करने के बाद आठ प्रसिद्ध पुरातत्त्ववेत्ताओं और

इतिहासकारों ने पाया कि यह चीजें 11वीं सदी में हिंदू मंदिरों में मिलनेवाली वास्तुकला से संबद्ध हैं।

शोधकर्ताओं के उस दल में डॉ. वाई.डी. शर्मा, पूर्व उपमहानिदेशक (डिप्टी-डायरेक्टर जनरल), भारतीय पुरातत्त्व सर्वेक्षण, डॉ. के.एम. श्रीवास्तव, पूर्व निदेशक, भारतीय पुरातत्त्व सर्वेक्षण, डॉ. एस.पी. गुप्ता, पूर्व निदेशक, इलाहाबाद संग्रहालय, प्रो. के.पी. नौटियाल, उपकुलपति, अवध विश्वविद्यालय और प्राचीन इतिहास एवं पुरातत्त्व विभाग, गढ़वाल विश्वविद्यालय के पूर्व प्रमुख, प्रो. बी.आर.ग्रोवर, पूर्व निदेशक, भारतीय ऐतिहासिक अनुसंधान परिषद्, श्री देवेंद्र स्वरूप अग्रवाल और दिल्ली विश्वविद्यालय के डॉ. सरदिंदु मुखर्जी तथा भोपाल से डॉ. श्रीमती सुधा मलाया शामिल थीं।

अकादमिक संस्था 'द हिस्टोरियंस फोरम' की ओर से जिन विशेषज्ञों ने उस स्थल का 2-3 जुलाई, 1992 को दौरा किया था, उन्होंने एकमत से यह राय रखी कि इस मंदिर के जो टुकड़े मिले हैं, वे प्रारंभिक मध्ययुगीन काल के उत्तरार्ध में, अर्थात् 900 सी.ई. के बाद और 1200 सी.ई. से पहले पुरातन मंदिर वास्तुकला में विकसित नागर शैली में बने थे। इस शैली में बने मंदिरों की यह विशेषता होती है कि उनके शिखर साफ देखे जा सकते हैं और वे गर्भगृह के ऊपर लंबे और पतले होते हैं और उस गर्भगृह में मुख्य देवता स्थित होते हैं।

वहाँ ऐसे करीब 40 मूर्तिकला एवं स्थापत्य नमूने मौजूद थे। जो चीजें वहाँ मिलीं, उनमें अलग हुई और टूटी मूर्तियाँ, शिखर अमलक, शिखर कला, राजधानी, छत के नीचे सजाने के लिए दीवार पर उभारी गई पट्टी (कॉरनिस), पुष्प-वल्लरी, दरवाजे के चौखट, विष्णु के अवतार के चित्र मिले। वहाँ चमकता हुआ एक टुकड़ा था, जो कई महत्त्वपूर्ण वैष्णव मूर्तियों, अर्थात् चक्रपुरुष जैसे कि एक युवा पुरुष, जो सुखद त्रिभंग मुद्रा में खड़ा था, जो सीधे खड़े हों, अपने दाएँ हाथ की हथेली में पहिए के रूप में दिखाई देनेवाला या विष्णु का चक्र लिये हुए है। एक अन्य चित्र में परशुराम दोनों पैरों को एक-दूसरे के ऊपर रखे और अपने बाएँ हाथ में फरसा पकड़े हुए हैं। उनके चित्र के नीचे बलराम हैं, जो कृष्ण के भाई हैं और उनके ऊपर सर्पों का छत्र

विराजमान है और वे अपने हाथ में पात्र लिये हुए हैं। उनके चित्र के नीचे भगवती माँ (मैत्री देवी) हैं, जो टेराकोटा की बनीं और आशीर्वाद देनेवाली हैं। वहाँ पूर्व काल की कुछ मूर्तियाँ, जैसे कुषाण काल (1-3वीं सदी) की मूर्तियाँ भी मिली हैं। वहाँ विभिन्न हिंदू भगवान् एवं देवियों की मूर्तियाँ मिली हैं।

4-18 जुलाई, 1992 को, प्रो. बी.आर. ग्रोवर अयोध्या में रुके, उस दौरान उत्तर प्रदेश सरकार द्वारा अधिगृहीत जमीन का समतलीकरण हो रहा था। रामजन्मभूमि के पूर्व और दक्षिण की ओर, वह बड़ी-बड़ी जमीनें देखीं, जो पूर्व इस्लामिक जमाने में बहुत सावधानी से बनाई गई थीं। प्रो. ग्रोवर ने प्रेस के सामने अपनी ज्यादा-से-ज्यादा तीन शोध की रिपोर्टें रखीं, जिन्होंने इतिहासकारों के फोरम को दो विख्यात भूमि-पुरातत्त्ववेत्ता भेजने के लिए विवश किया, जो उन खोजों का निरीक्षण करके आएँ। जैसे ही समतलीकरण का काम बढ़ने लगा, मस्जिद की सतह के नीचे मंदिर होने के और सबूत मिलने लगे। समतलीकरण के दौरान एक 12 फीट गहरा सेक्शन मिला। उसकी जाँच ए.एस. आई. के निदेशक, डॉ. के.एम. श्रीवास्तव और डॉ. एस.पी. गुप्ता ने की। वहाँ पर उत्तर-दक्षिण की ओर जली हुई ईंटों की पुरानी दीवार का एक भाग दिखाई देने लगा। उसके नीचे एक और दीवार थी, जिसमें बड़ी ईंटों की चिनाई दिखाई देने लगी। वहाँ पर ईंटों का मलबा था और बड़े-बड़े गड्ढे भी थे, जिससे बड़ी सी दीवार के विध्वंस के संकेत मिल रहे थे। डॉ. राकेश तिवारी, निदेशक, यूपी स्टेट आर्कियोलॉजी ने हिंदू मंदिर से मिली 263 कलाकृतियों की एक सूची बनाई और उन्होंने कोर्ट में बताया कि उस जगह से ये चीजें प्राप्त हुई हैं।

9 जुलाई को अयोध्या में कारसेवा शुरू हुई और वह 17 दिनों तक करीब 26 जुलाई तक चली। इन 17 दिनों में देश का माहौल शांतिपूर्ण था। केंद्र सरकार द्वारा कारसेवा पर आपत्ति उठाए जाने के बावजूद भाजपा शासित यूपी ने इसे जारी रखने की अनुमति दे दी, पर इसे सिर्फ अविवादित स्थलों पर ही जारी रखा जा सकता था। उस समय के तत्कालीन गृह मंत्री एस.बी. चह्वाण ने राज्य सरकार से कारसेवा को तुरंत प्रभाव से रोकने को कहा, पर ऐसा नहीं हुआ।

1400 वैदिक ब्राह्मणों द्वारा पवित्र मंत्रों के उच्चारण के बीच प्रस्तावित मंदिर की आधारशिला का निर्माण शुरू किया गया। विनय कटियार एवं विश्व हिंदू परिषद् के नेता अशोक सिंघल ने मिलकर कारसेवा की शुरुआत की थी। इसके अलावा इस घटना के साक्षी बननेवालों में रामजन्मभूमि न्यास के संत भी शामिल थे, साथ में उत्तर प्रदेश सरकार के दो मंत्रियों के साथ विहिप के प्रतिनिधि भी शामिल हुए थे। उस धरती को सबसे पहले सरयू नदी का पानी छिड़ककर पवित्र किया गया, जो अयोध्या के तट पर स्थित थी। बनारस हिंदू विश्वविद्यालय के वैदिक विभाग के प्रमुख विश्वनाथ वामदेव ने गणेश-पूजा प्रारंभ कर निर्माण कार्य शुरू करवाया। विभिन्न क्षेत्रों के प्रमुखों ने अपने साथ ईंटें और सीमेंट लेकर कारसेवा के रूप में निर्माण-स्थल में काम शुरू किया। उन प्रमुख लोगों में शामिल थे, राजमाता विजयाराजे सिंधिया, अशोक सिंघल, आचार्य गिरिराज किशोर, महंत नृत्यगोपाल दास, परमहंस रामचंद्र दास, महंत अवैद्यनाथ, उमा भारती, साध्वी ऋतंभरा, स्वामी वामदेव, आचार्य धर्मेंद्र, दाऊदयाल खन्ना, विष्णु हरि डालमिया।

करीब 100 फीट लंबे एवं 80 फीट चौड़े चबूतरे पर कारसेवा ने काम करना शुरू किया और खंभों का निर्माण शुरू हुआ। वह प्रस्तावित मंदिर का मुख्य द्वार बनना था। मुख्य स्थल बनने के बाद आम लोगों के जमा होने हेतु एक सभागृह का निर्माण होना था। इस आधारशिला की योजना रुड़की इंजीनियरिंग कॉलेज के पूर्व उप-कुलपति और उनकी टीम के पाँच इंजीनियरों के दिशा-निर्देशों में शुरू हुई।

इस बीच सुप्रीम कोर्ट में कारसेवा को रोकने के लिए एक याचिका दायर की गई। उस समय के वैकेशन जज, जस्टिस एम.एन. वेंकटचलैया ने उत्तर प्रदेश सरकार से निर्माण कार्य से संबंधित जानकारियाँ माँगीं। जस्टिस वेंकटचलैया ने यह स्पष्ट कर दिया कि अगर विवादित स्थल पर किसी प्रकार का स्थायी निर्माण पाया गया तो वह तोड़ दिया जाएगा।

इस संबंध में लेखक **हेमंत शर्मा** ने अपनी पुस्तक 'युद्ध में अयोध्या' में इस बात का बहुत ही रोचक तरीके से वर्णन किया है, जिसमें 12 जुलाई,

1992 को गृह मंत्री एस.बी. चह्वाण उस स्थल में निर्माण की प्रकृति को देखने के लिए अयोध्या आए। चह्वाण उस पवित्र स्थल में आए और उन्होंने पूजा की। उसके बाद उन्होंने पूछा, "चूँकि मैं इस मंदिर में आ चुका हूँ तो अब मुझे मस्जिद में भी ले चलिए। वहाँ खड़े लोग हँसने लग गए और उन्हें बताया कि यही स्थान मस्जिद भी है।"

14 जुलाई को चह्वाण ने राज्यसभा में अपनी सरकार का रुख रखते हुए कहा कि चाहे अयोध्या में कारसेवा हुई हो, पर सरकार किसी को भी बाबरी मस्जिद को छूने नहीं देगी।

15 जुलाई, 1992 को इलाहाबाद उच्च न्यायालय ने कारसेवा रोकने के आदेश दिए। इसी बीच सुप्रीम कोर्ट ने यूपी सरकार को निर्देश जारी करते हुए कहा कि वह एक शपथ-पत्र प्रस्तुत करे कि इस विवादित स्थल पर कोई स्थायी संरचना का निर्माण नहीं हुआ है। जो टीम चह्वाण के साथ अयोध्या गई थी, उसने अपनी सूचना दी कि चूँकि वहाँ बाबरी मस्जिद सही स्थिति में थी, इसलिए वहाँ जो भी निर्माण कार्य हो रहा है, वह असल में अस्थायी हो ही नहीं सकता।

यूपी सरकार के प्रतिनिधि वकीलों ने सरकार के सामने अपनी अक्षमता व्यक्त की और बताया कि वह निर्माण स्थल के संबंध में कुछ भी विस्तृत जानकारियाँ कोर्ट को नहीं दे सकते, क्योंकि अयोध्या के साधु (संत) उन्हें निर्माण स्थल के पास जाने नहीं देते, इसलिए उनके पास कोई जानकारी नहीं है।

18 जुलाई को फैजाबाद प्रशासन ने कोर्ट के आदेश को तत्काल प्रभाव से शक्ति के जरिए लागू करने में अपनी असमर्थता जता दी। 20 जुलाई, 1992 को फैजाबाद के उपायुक्त विहिप के नेताओं से मिले और उनसे कोर्ट के नए आदेशों को लागू करने संबंधी बात करने के लिए गए। चह्वाण ने लोकसभा में बताया कि उनके पास समाधान के रूप में एक आपातकालीन प्लान है।

सुप्रीम कोर्ट ने उत्तर प्रदेश सरकार को अयोध्या में हो रहे कार्य की प्रकृति के संबंध में स्पष्ट रूप से बताने को कहा। उसमें लिखा गया है कि राज्य सरकार निर्माण कार्य को बंद कराती है तो कोर्ट सारे मामलों को एक साथ

जोड़ लेगी और इस मामले को कई वकीलों की बड़ी खंडपीठ दैनिक रूप से सुनेगी और वह कोर्ट ही यह सुनिश्चित कर लेगी कि अधिगृहीत हुई जमीन पर मंदिर बनना चाहिए अथवा नहीं?

23 जुलाई को प्रधानमंत्री ने फिर से अपील की कि वह इस निर्माण को बंद करें, जिससे यह संकेत मिल गया कि सरकार एक नियत समय में इस मुद्दे को सुलझा लेना चाहती है।

25 जुलाई, 1992 को प्रधानमंत्री के प्रतिनिधिमंडल के सदस्य विहिप नेता अशोक सिंघल से इस आश्वासन के साथ मिले कि न सिर्फ प्रधानमंत्री इस मुद्दे को निजी रूप से देंखेगे, बल्कि तीन महीने में दोनों पार्टियों से विचार के बाद तीन महीने में इसका हल भी निकालेंगे। इस अपील के जवाब में, फिर से निर्माण कार्य रुक गया; हालाँकि विहिप के नेताओं ने इस बात के संकेत दिए कि अगर अगले तीन महीने की अंतिम तिथि में कोई निदान नहीं मिला तो कारसेवा अक्तूबर–नवंबर 1992 में फिर से शुरू हो सकती है।

फिर सितंबर 1992 में संपूर्ण देश के गाँवों में श्री राम पादुकापूजन (भगवान् श्रीराम की चरणपादुका की पूजा) आयोजित किया गया। इसके बाद गीता जयंती वाले दिन (6 दिसंबर, 1992) भक्तगणों का अयोध्या आने का आह्वान किया गया।

इस सबके बीच 45 इतिहासकारों और पुरातत्त्ववेत्ताओं के एक दल ने अयोध्या में एक संगोष्ठी आयोजित की, जिसमें विवादित स्थल पर ए.एस. आई. द्वारा मौजूदा खोज की जाँच की गई। मीनाक्षी जैन ने इस संगोष्ठी के संबंध में विस्तृत रूप से अपनी पुस्तक 'राम और अयोध्या' में लिखा है। **मीनाक्षी जैन** के अनुसार, इस अभियान में आर.सी. अग्रवाल पूर्व निदेशक, पुरातत्त्व एवं संग्रहालय विभाग, जयपुर सरकार ने 'श्री' नामक शब्द नागरी भाषा में लिखा पाया। वह काले पत्थर के खंभे पर लिखा पाया, जो बाबरी मस्जिद की बाहरी दीवार के बाईं ओर लिखा हुआ था। वह करीब 11–12वीं सदी के बीच का था। इसके अलावा एक अन्य खोज मस्जिद की पूर्वी सीमा पर भी मिली। ऐसा पाया गया कि वह मंदिर के पाये पर भी पाया गया था।

डॉ. एस.आर. राव जो गोवा में स्थित इंस्टीट्यूट ऑफ ओशियनोग्राफी में मेरीन आर्कियोलॉजी में सलाहकार थे, उन्हें एक बहुत बड़ा पत्थर मिला, जिसमें फूलों का रूपांकन किया गया था, वह उस इमारत की पूर्वी दीवार के दक्षिणी गुंबद के नीचे पाया गया। (बीजेपी टुडे, 1–15 फरवरी, 1993, 13–17)

6 दिसंबर, 1992 को करीब 1.5 लाख हिंदू अयोध्या में सांकेतिक कारसेवा के लिए पहुँचे। श्रीराम के जन्मस्थान पर पहुँचने वाले लोगों की भीड़ को काबू करने के लिए प्रशासन एवं पैरामिलिट्री शक्तियों के सारे प्रयास विफल हो गए।

अयोध्या में एवं उसके आसपास अर्धसैनिक बलों की 200 से अधिक कंपनियाँ, सी.आर.पी.एफ. की 4 कंपनियाँ, 15 आँसू गैस के स्क्वैड्स, 15 पुलिस इंस्पेक्टर, 30 पुलिस सब–इंस्पेक्टर और 2300 पुलिस कांस्टेबल शामिल थे। वहाँ पर राजनीतिक एवं धार्मिक नेता दोनों ही मौजूद थे, जो भीड़ को सुबह से ही संबोधित कर रहे थे; हालाँकि पहले वह जनसभा के रूप में शुरू हुआ पर कुछ ही घंटों में भीड़ धीरे–धीरे बेकाबू हो गई और उन्होंने नारे लगाने शुरू कर दिए।

इन नेताओं के द्वारा साफ–साफ हिदायत दिए जाने के बावजूद कि विवादित स्थल में किसी प्रकार की छेड़छाड़ नहीं की जाएगी, श्रीराम के भक्त और अधिक अधीर हो गए। भीड़ ने उस भारी–भरकम घेराबंधी को भी तोड़ दिया, जो बाबरी मस्जिद के पास सुरक्षा के लिए लगाई गई थी। अपने उद्देश्य को पूरा करने हेतु कारसेवकों का एक दल तीन गुंबदों वाले स्थल पर चढ़ गया और उसे ढहा दिया।

वह पूरा ढाँचा, जो मिट्टी एवं चूने से बना था, उसे भीड़ ने कुल्हाड़ियों, हथौड़ों और कुदाल की मदद से समतल कर दिया। अगले पाँच घंटे में कारसेवकों ने उस विवादित स्थल को पूरी तरह से नीचे गिरा दिया। श्रीरामलला की प्रतिमा उसी समतल आँगन पर लगा दी गई। उस स्थान को चारों ओर से चारदीवारी से घेर दिया गया, जो ईंटों से बनी थी और भगवान् की सुरक्षा

के लिए एक मंडप भी खड़ा कर दिया गया। वहाँ पूजा भी होती रही। बाबरी मस्जिद ढहाने के फलस्वरूप वहाँ मिले, मलबे के नीचे कई हिंदू मंदिरों के शेष भाग भी मिले।

इस घटना के बाद दो एफ.आई.आर. भी रामजन्मभूमि पुलिस स्टेशन में दर्ज हुईं। पहली एफ.आई.आर. एस.एच.ओ. पुलिस स्टेशन प्रियंवदा नाथ शुक्ला ने दाखिल की। वह एफ.आई.आर. अज्ञात कारसेवकों के विरुद्ध 17:15 मिनट पर दिनांक 6 दिसंबर, 1992 को दायर की गई थी। दूसरी एफ.आई.आर. चौकी इनचार्ज गंगा प्रसाद तिवारी ने दायर की। जाँच विवरण इनायत नगर के सर्किल ऑफिसर आर.पी. टंडन ने प्रस्तुत किया। वह जाँच-विवरण बाद में सी.बी.आई. को भी दिया गया।

दूसरी एफ.आई.आर. तिवारी द्वारा भारतीय दंड संहिता की धारा 153 ए, 153 बी, 505 में दायर की गई। इसमें यह आरोप लगाया गया है कि दिनांक 6 दिसंबर, 1992 को ढाँचे को करीब 10 बजे ढहा दिया गया। तिवारी ने उस एफ.आई.आर. में निम्नलिखित प्रमुख लोगों के नाम लिखे—

1. अशोक सिंघल,
2. गिरिराज किशोर,
3. एल.के. आडवाणी,
4. मुरली मनोहर जोशी,
5. विष्णु हरि डालमिया,
6. विनय कटियार,
7. उमा भारती,
8. साध्वी ऋतंभरा।

उस एफ.आई.आर. के अनुसार एल.के. आडवाणी, विष्णु हरि डालमिया, अशोक सिंघल, मुरली मनोहर जोशी, उमा भारती एवं विनय कटियार को 8 दिसंबर, 1992 को गिरफ्तार कर लिया गया और फिर उन्हें सबूतों के अभाव के कारण 10 जनवरी, 1993 को रिहा कर दिया गया।

विवादित इमारत के ढहने के ऊपर लिखी दो एफ.आई.आर. के अलावा गैर-संज्ञेय अपराधों को ध्यान में रखते हुए 46 अन्य एफ.आई.आर. दायर हुई (सभी संचार माध्यम जो विवादित स्थल के टूटे जाने की घटना को दर्ज कर रहे थे, जिनके वीडियो, कैमरा आदि छीन लिये गए या यह दावा किया गया कि वह तोड़े/चुराए गए/लूट लिये गए)। उनके साथ हुई घटना के विरुद्ध रामजन्मभूमि में 6 दिसंबर, 1992 को शिकायत दर्ज की गई।

इस विध्वंस के बाद उ.प्र. के मुख्यमंत्री कल्याण सिंह ने शाम को अपना त्यागपत्र दे दिया। उन्होंने आगे आकर इस घटना की जिम्मेदारी ली कि उन्होंने सुरक्षा बलों को कारसेवकों के विरुद्ध फायर न करने के लिखित आदेश दिए थे।

10 दिसंबर, 1992 को बाबरी मस्जिद का ढाँचा गिराए जाने के बाद मुख्य मामले में जाँच को लेकर मामला सी.बी.आई. को सौंप दिया गया। उसी दिन केंद्रीय सरकार ने अयोध्या में 6 दिसंबर को हुई घटना को लेकर पाँच संस्थाओं को गैर-कानूनी घोषित कर दिया। वे संस्थाएँ थीं, राष्ट्रीय स्वयंसेवक संघ, विश्व हिंदू परिषद्, बजरंग दल, इस्लामी सेवक संघ और जमात-ए-इस्लामी। यह प्रतिबंध उनपर गैरकानूनी गतिविधि (रोकथाम) अधिनियम 1967 के तहत लगाया गया।

हालाँकि अधिकांश गैर-भाजपाई पार्टियों ने इस कदम का स्वागत किया पर भाजपा ने इसे दुर्भाग्यपूर्ण माना और आर.एस.एस., विहिप व बजरंग दल का साथ दिया। आर.एस.एस. ने इस प्रतिबंध को दुर्भाग्यपूर्ण और बदनीयती से प्रेरित बताया। 15 दिसंबर, 1992 को केंद्र सरकार ने हिमाचल प्रदेश, राजस्थान व मध्य प्रदेश राज्यों की सरकारों को बाबरी मस्जिद ढहाए जाने के कारण भारत के संविधान की धारा 356 के तहत बर्खास्त कर दिया।

16 दिसंबर, 1992 को आडवाणी को अन्य पाँच नेताओं के साथ उत्तर प्रदेश की ललितपुर जेल में गिरफ्तार करके रखा गया। उत्तर प्रदेश सरकार ने ललितपुर की विशेष अदालत में इस एफ.आई.आर. को प्रस्तुत किया।

फिर 10 दिनों के बाद, केंद्र सरकार ने विवादित स्थल एवं उसके

आसपास की भूमि का अधिग्रहण कर लिया। पूजा करने के अधिकार को लेकर दायर एक याचिका में, इलाहाबाद उच्च न्यायालय ने 1 जनवरी, 1993 को यह माँग स्वीकार की कि वहाँ पूजा एवं दर्शन किए जा सकते हैं, तब से वहाँ पर लगातार पूजा हो रही है।

7 जनवरी, 1993 को केंद्रीय सरकार ने एक अध्यादेश के तहत (अयोध्या अधिनियम नं. 8 के तहत कुछ खास स्थानों का अधिग्रहण) रामजन्मभूमि-बाबरी मस्जिद परिसर की 67.7 एकड़ भूमि अधिगृहीत कर ली।

7 जनवरी, 1993 को भारत के राष्ट्रपति ने सुप्रीम कोर्ट को संविधान की धारा 143 (1) के तहत विचार एवं राय जानने हेतु एक निर्देश भेजा, जिसमें निम्नलिखित प्रश्न भेजे गए थे—

"जिस स्थान पर अभी रामजन्मभूमि-बाबरी मस्जिद का निर्माण हुआ है (उन स्थलों के आंतरिक एवं बाह्य आँगनों को भी जोड़कर) वहाँ क्या पहले से कोई हिंदू मंदिर या कोई हिंदू धार्मिक स्थल मौजूद था?"

1993 से 2002 तक विभिन्न नेताओं के विरुद्ध रामजन्मभूमि आंदोलन में बाबरी मस्जिद को तोड़ने को लेकर उनकी संदिग्ध भूमिका के संबंध में कानूनी कार्यवाही शुरू हो गई थी।

सन् 2002 में रामजन्मभूमि आंदोलन एक नए स्तर पर पहुँच चुका था। फरवरी 2002 में विश्व हिंदू परिषद् ने 15 मार्च, 2002 के रूप में एक समय-सीमा निर्धारित की, जिसमें अयोध्या में राम मंदिर का निर्माण शुरू किया जाएगा।

अयोध्या में भारी मात्रा में कारसेवक एकत्र होने लगे। वह सब संपूर्ण देश से आए हुए थे। कारसेवकों का एक दल गुजरात के गोधरा प्रांत से भी आया हुआ था। जब वह साबरमती एक्सप्रेस ट्रेन से अपने घर वापस जा रहे थे, तब कंपार्टमेंट एस-6 पर आक्रमण हुआ। 58 कारसेवक जिंदा जल गए। इस घटना के प्रभावस्वरूप पूरे गुजरात में दंगे भड़क गए, जिसमें पूरे राज्य में 1000 से अधिक लोगों की मृत्यु हो गई।

अप्रैल 2002 में उस जमीन के स्वामित्व को लेकर तीन जजों की बेंच ने

हाईकोर्ट में सुनवाई शुरू की। हाईकोर्ट ने भारतीय पुरातत्त्व सर्वेक्षण (ए.एस. आई.) को उस स्थल की खुदाई करने के लिए कहा, जिससे यह पता चल सके कि पूर्व में वहाँ कोई मंदिर था अथवा नहीं।

राष्ट्रपति के विशेष निर्देश का जवाब जानने के लिए अगस्त 2002 में उसी बेंच ने उस स्थल के लिए जी.पी.आर.एस. (ग्राउंड पेनिट्रेटिंग रडार सर्वे) का आदेश दिया।

जनवरी 2003 में जी.पी.आर.एस. की मदद से एक खोज शुरू हुई और क्लॉड रॉबिलर्ड जो कनेडियन थे और इस प्रोजेक्ट के चीफ जियोफिजिशिएस्ट थे, ने निम्नलिखित बातें प्रस्तुत कीं—

"इस मस्जिद के नीचे कोई इमारत तो थी। वह इमारत 5 से 5.5 मीटर गहरी थी और वह पुरातन एवं समसामयिक ढाँचे से संबंधित थी, जैसे खंभे, नींव की दीवारें, पत्थर की पटिया और बड़े पैमाने पर फैले स्थल का एक हिस्सा थी।

इस स्थल के नीचे पुरातत्त्व विशेषताओं को लेकर कुछ भ्रांतियाँ भी थीं। आप उन्हें (विसंगतियों को) खंभों या मजबूत मंजिला, नींव की दीवारों या कुछ अन्य से भी जोड़ सकते हैं। यह विसंगतियाँ पुरातत्त्विक विशेषताओं के साथ जुड़ी हो सकती हैं।"

इससे वैज्ञानिक रूप से यह बात साबित होती है कि मुसलमानों के दावों के बावजूद उस खाली जमीन या बंजर स्थल पर बाबरी का ढाँचा तो नहीं था, जिसका दीवानी दावा उन्होंने फैजाबाद के सिविल जज के समक्ष अपनी दायर याचिका में दिसंबर 1961 में किया था।

विशेषज्ञ की भी यह राय थी कि जी.पी.आर.एस. रिपोर्ट को सत्यापित करने के लिए वैज्ञानिक रूप से खुदाई की जाए।

वर्ष 2003 में हाईकोर्ट ने ए.एस.आई. को यह आदेश दिया कि वह उस स्थल में वैज्ञानिक रूप से खुदाई कराएँ और जी.पी.आर.एस. रिपोर्ट को सत्यापित करें। यह खुदाई कोर्ट द्वारा चयनित दो प्रेक्षकों की मौजूदगी में होगा (फैजाबाद के दो अतिरिक्त जज)। संबंधित पार्टियाँ, उनके सलाहकार,

उनके विशेषज्ञ/प्रतिनिधियों को खुदाई के समय वहाँ मौजूद रहने की अनुमति होगी। निष्पक्षता बनाए रखने के लिए, यह आदेश दिया गया कि वहाँ पर काम करनेवाले मजदूरों में से 40 फीसदी मजदूर मुसलमान होंगे। पुरातत्त्वविदों ने बाबरी मस्जिद के बनने से बहुत पहले इन संरचनाओं के सबूत होने की बात बताई। 131 मजदूरों, जिसमें 52 मुस्लिम थे, इस खुदाई के काम में शामिल किए गए। 11 जून, 2003 को ए.एस.आई. ने एक अंतरिम रिपोर्ट जारी की, जिसमें 22 मई से 6 जून, 2003 तक प्राप्त चीजों के बारे में बताया गया और ए.एस.आई. ने 574 पन्नों की एक रिपोर्ट इलाहाबाद उच्च न्यायालय के लखनऊ बेंच को प्रस्तुत की। जिसमें ए.एस.आई. के द्वारा किए खुदाई के दौरान हर एक घड़ी की वीडियोग्राफी एवं फोटोग्राफी को भी शामिल किया गया।

ए.एस.आई. की रिपोर्ट इस प्रकार है—

पुरातत्त्व विभाग द्वारा खुदाई रिपोर्ट का सारांश

माननीय लखनऊ उच्च न्यायालय द्वारा दिए गए निर्देशों के अनुसार 12 मार्च, 2003 से 7 अगस्त, 2003 तक बताए गए प्रांगण में भारतीय पुरातत्त्व सर्वेक्षण विभाग एवं जो विकास इंटरनेशनल द्वारा जी.पी.आर.एस. तकनीक के जरिए हुए खुदाई में कुछ भू-गर्भीय आवेग पाए गए। श्री रामलला मंदिर के अस्थायी मंदिर के चारों ओर 82 जगहों पर खुदाई हुई। भू-गर्भीय तत्त्वों का पाना सही हुआ और साथ में खंभों के आधार, वास्तुकला संबंधी इमारतें, फर्श और अन्य स्थलों के अवशेष भी वहाँ से प्राप्त हुए। उन 82 खुदाइयों के अलावा अन्य खुदाइयाँ भी हुईं, इस प्रकार कुल मिलाकर 90 खुदाई हुईं। इस रिपोर्ट के सारांश के अनुसार खुदाई प्रक्रिया निम्नलिखित है—

उन प्राचीन लोगों के पाए जाने के संकेत मिले, जो अयोध्या के विवादित स्थल में उत्तर की काली मिट्टी के बरतनों (नॉर्थ ब्लैक पॉलिश्ड अर्थन वेयर्स (एन.बी.पी.डब्ल्यू.) का प्रयोग करते थे, हालाँकि ई.पू. पहली सदी के बारे में कोई सबूत नहीं मिले हैं, पर अवशेषों में प्राप्त चीजों में देवियों की टेराकोटा की मूर्तियाँ, टेराकोटा और शीशे की मालाएँ, पहिए और पूजा करने के लिए

गड्ढे इत्यादि मिले हैं। भूरे, काले और लाल पॉलिशवाले मिट्टी के बरतनों से उस अवधि और प्राचीन वास्तुकला की विशेषता का पता चलता है।

वैज्ञानिक तौर पर यह अवधि 1000 ई.पू. से 300 ईस्वी तक मानी जाती है। सांस्कृतिक गतिविधियों की दूसरी लेयर शुंग काल (दूसरी एवं पहली ईसा पूर्व) में मानी जाती है। टेराकोटा की मातृ देवियाँ, मनुष्यों एवं जानवरों की मिट्टी की मूर्तियाँ, मोती, बालों के पिन खुदाई के दौरान मिले, उस काल के माने जाते हैं। मिट्टी के बरतनों के अवशेष काले, भूरे एवं लाल रोगन के होते थे। पुरातत्त्व वास्तुकला की शुरुआत दिख गई थी, जो पत्थरों एवं जली हुई ईंटों के काम को देखकर साफ समझ आती है।

शुंग काल के बाद कुषाण काल के सांस्कृतिक प्रभुत्व के भी संकेत मिलते हैं (पहली एवं दूसरी ईस्वी के)। टेराकोटा के मानवीय एवं जंतुओं के चित्र, मंदिरों के अवशेष, मालाएँ, बालों के पिन, टूटी चूड़ियाँ, मिट्टी के बरतनों के अवशेष, जिसमें लाल पॉलिश हुई थी और कॉलीरियम स्टिक्स इस अवधि की विशेषता थी।

गुप्त काल (चौथी से छठी सदी) के आगमन के बाद वास्तु से संबंधित क्रियाओं में कोई गुणात्मक परिवर्तन नहीं आया; हालाँकि यह काल अपनी शास्त्रीय कला के लिए माना जाता है। टेराकोटा की विशिष्ट संरचनाएँ और श्रीचंद्र (गुप्त) के एक ताँबे का सिक्का व अन्य संकेत इस काल का प्रतिनिधित्व करते हैं।

गुप्त-राजपूत काल के बाद भी वास्तु से संबंधित क्रियाएँ होती रहीं (सातवीं और दसवीं सदी में), खासकर ईंटों को जलाना इस युग की विशेषता थी। पहली बार ईंटों से बनी गोलाकार मंदिर की वेदी पूजा के बारे में बताती है। उसी तरह वृत्त के बाहर व अंदर वह आयतनुमा होती थी और इसके द्वार पूर्व की ओर होते थे, हालाँकि यह निर्माण पुराना, जीर्ण-शीर्ण था, उसकी उत्तरी दीवार में अभी भी परनाली है, जो गंगा-यमुना के इलाके में मंदिरों की एक खास विशेषता है।

इस प्रकार मध्यकालीन युग (11 से 12 सदी) से पहले उस स्थान पर

एक बड़ा सा निर्माण किया गया, जिसकी लंबाई उत्तर से दक्षिण तक 50 मीटर तक थी, पर ऐसा लगता है कि वह निर्माण ज्यादा दिनों तक नहीं रहा। करीब 50 स्तंभों में से कुल चार स्तंभों की सतहें खुदाई के दौरान मिलीं और उसकी फ्लोरिंग ईंटों के चूरे से बनाई गई थी। इस निर्माण के अवशेषों में तीन चरणों में एक बड़ा सा निर्माण किया गया और उसकी तीन फर्शों पर हमारे सामने आईं।

वहाँ पर मिली बेलबूटियाँ व अन्य सजाने वाली सामग्रियों का फिर से इस्तेमाल हुआ होगा, जो निकृत छाप की मदद से काटी गई होंगी और वह पहले निर्माण में मिलीं और इस प्रकार एक बड़ा सा निर्माण या मेमोरियल तैयार किया गया, जहाँ एक खंभे या दो खंभे के सेल मिले, जो आवासीय परिसर से काफी अलग थे। यह निर्माण आम जनता के इस्तेमाल किए जानेवाले निर्माण के रूप में एक सबूत प्रस्तुत करता है। ऐसा वहाँ लंबे समय तक रहा—केंद्रीय स्तर से (बारहवीं से सोलहवीं सदी तक) उस निर्माण के ऊपर वह विवादित स्थल (तथाकथित) बाबरी मस्जिद सोलहवीं सदी की शुरुआत में बनाया गया। उस विवादित स्थल के नीचे बहुत सारे ऐसे सबूत मिले हैं, जिससे यह साबित होता है कि वहाँ एक बहुत बड़ा एवं चौड़ा निर्माण हुआ, जो 50 मीटर लंबा है (उत्तर से दक्षिण तक) और पूर्व से पश्चिम तक 30 मीटर लंबा था। उस खुदाई में पचास खंभों पर आधारित सतहें पाई गईं, जो ईंटों की बनी हुई हैं और उनमें मजबूत कोटिंग और पत्थर लगाए गए हैं।

उत्तर-दक्षिण की ओर स्थित यह खंभे इस बात का भी संकेत देते हैं कि वहाँ एक लंबी बड़ी सी दीवार है, जो उस समय सिर्फ 50 मीटर ऊँची उठाई गई थी। उस विवादित स्थल का केंद्रीय कक्ष पुरानी दीवार का केंद्र है। वह दीवार पूरी तरीके से खोदी नहीं जा सकी, क्योंकि तब वहाँ श्रीरामलला का अस्थायी मंदिर था। वहाँ 15×15 का एक चबूतरा है। पूर्व में गोलाकार नीचा इलाका है, जो एक खोखली खाई है, जो ईंटों की बनाई गई है और यहाँ कुछ दीये इत्यादि अपने प्रिय भगवान् के सम्मुख जलाए जाते थे। ये दीये टेराकोटा के बने थे और वह बहुत सारी खाइयों में मिले हैं, खासकर जी-2 खाई में मिले हैं। इन सबसे ऊपर लिखे तथ्यों की पुष्टि होती है।

चमकते मिट्टी के बरतन वहाँ उसके बाद इतने लंबे समय तक मिले और साथ में वहाँ चमकती हुई टाइलें भी मिलीं, जो हो सकता है कि असली निर्माण के समय इस्तेमाल हुई हों। सिलिकॉन एवं चीनी मिट्टी के टुकड़े भी भारी मात्रा में पाए गए। विभिन्न काल के जानवरों की हड्डियाँ विभिन्न स्तरों पर पाई गईं। मानव कंकालों के अवशेष भी वहाँ उत्तर-दक्षिण दिशा की खाइयों में पाए गए, जो पुराने प्रतीत होते हैं। उस विवादित स्थल के मलबे में ये कब्रें पाई गईं, जो उन मलबों के नीचे दबी हैं।

इसलिए यह भी पाया गया कि शुंग काल से गुप्त काल के दौरान, जो भी भवनों के अवशेष मिले, उससे यह बहुत स्पष्ट हो गया कि उनका किस काम के लिए प्रयोग होता था। यह बताना बहुत आवश्यक है कि गुप्तकाल से लेकर मुगलकाल के दौरान एवं बाद के कोई भी आवासीय अवशेष नहीं पाए गए, जो भी आवासीय परतों के मलबे या जोड़नेवाले सामान मिले, वह आसपास के इलाके से मिले, जिनका प्रयोग जमीन के समतलीकरण के लिए किया गया। इसके परिणामस्वरूप, अन्य पूर्व काल एवं कुषाण काल के दौरान मिले सामान, मिट्टी की मूर्तियाँ, टेराकोटा आदि अवशेषों में मिले हुए पाए गए। इसे इस प्रकार से कहा जा सकता है कि विवादित स्थल के नीचे मिली जगह आम आदमियों के इस्तेमाल के लिए थी।

ऐसा सब बहुत काल पहले से मुगलकाल तक बिना किसी अड़चन के हो रहा था। वह विवादित स्थल (जिसे बाबरी मस्जिद कहा जाता है) मुगलकाल के दौरान बना और वह एक सीमित स्थल में बना था और वहाँ आसपास लोग रहते थे—उसके सबूत पुरातत्त्व के सामानों जैसे मिट्टी के बरतन आदि के रूप में मिले। मुगलकाल से पहले वहाँ आवासीय इकाइयों का अभाव मिला, जैसे गहरी दीवारें, गटर, आग की जगह या भट्ठी, जो वहाँ से पूरी तरह से गायब थीं। इससे इस बात का खुलासा होता है कि वह विवादित स्थल गुप्तकाल से मध्यकालीन राजपूत काल और फिर आगे मध्यकालीन सल्तनत काल तक किसी आवासीय उद्देश्य के लिए इस्तेमाल नहीं हुई और वह आम आदमी के इस्तेमाल के लिए थी।

उस परिसर में मिले सामान निर्धारित कार्बन-14 परीक्षा में इस बात का उद्घाटन करते हैं कि वह मध्यकालीन तेरहवीं सदी के हैं (1250+ या -130 ईसा पूर्व); प्राकृतिक मिट्टी के ऊपर मिले सबसे नीचे स्तर के अवशेष एन.बी.पी.डब्ल्यू. का प्रतिनिधित्व करते हैं, इसलिए यह पाया गया कि वहाँ मौजूद अधिकांश पुराने अवशेष तेरहवीं सदी ई.पू. के हैं। इसे कार्बन-14 टेस्ट की जाँच में 910+ या -100 ई.पू. और 880+ या -100 ई.पू. के रूप में पाया गया, फिर अवशेष जी-7 की खाई में पाए गए। रेडियो-कार्बन टाइम डिटरमिनेशन सिस्टम के अनुसार, इस काल को 780+ या -80 ईसा पूर्व, 530 + या -530-70 ई.पू. और 320+ या -80 ई.पू. के रूप में सत्यापित किया गया। इसके अवशेष जी-7 खाई पर भी पाए गए। रेडियो-कार्बन टाइम डिटरमिनेशन सिस्टम के अनुसार, उन्हें 780+ या -80 ईसा पूर्व, 530+ या -530-70 ई.पू. और 320+ या -80 ई.पू. के रूप में सत्यापित किया गया। यह समय का निर्धारण या एन.बी.पी.डब्ल्यू. अवशेष इन साइंटिफिक टाइम डिटरमिनेशन सिस्टम के अनुसार सत्यापित किए गए।

जुलाई 2005 में इस्लामिक उपद्रवियों ने भारी सुरक्षावाली रामजन्मभूमि-बाबरी मस्जिद के भवन पर आक्रमण किया। 5 जुलाई को हुए इस आतंकी आक्रमण में दो स्थानीय लोगों की मृत्यु हो गई। इसमें सात पैरामिलिट्री लोग घायल हो गए। जवाबी कार्यवाही में पाँच संदिग्ध जैश-ए-मोहम्मद के आतंकी ठिकाने लगा दिए गए।

इस आक्रमण में शामिल पाँच लोगों को यूपी पुलिस ने गिरफ्तार कर लिया—जिसमें शामिल हैं, इरफान, आशिक इकबाल उर्फ फारुक, शकील अहमद, मोहम्मद नसीम और मोहम्मद अजीज। पाँच अभियुक्तों को साजिश रचने और संदिग्ध आतंकियों को सामान की व्यवस्थ और सामान सप्लाई करने के जुर्म में गिरफ्तार किया गया। इलाहाबाद की विशेष अदालत ने पाँच में से चार अभियुक्तों को जून 2019 में आजीवन कारावास की सजा सुनाई।

सन् 2010 में इलाहाबाद उच्च न्यायालय ने चार याचिकाओं पर यह फैसला सुनाया, जिसे इस केस के दौरान एक साथ रखा गया। कोर्ट ने

विभाजित एवं विवादित भूमि को तीन भागों में विभाजित किया, जिसमें एक-तिहाई हिस्सा श्री रामलला, सुन्नी सेंट्रल वक्फ बोर्ड और निर्मोही अखाड़ा प्रत्येक को मिला। इस फैसले के खिलाफ दो पीड़ित पार्टियों ने सुप्रीम कोर्ट का दरवाजा खटखटाया और सुप्रीम कोर्ट ने इन तीन भागों में विभाजित हुई भूमि पर रोक लगा दी। सुप्रीम कोर्ट ने इस मामले में लंबी सुनवाई के बाद नवंबर 2019 को एक ऐतिहासिक फैसला सुना दिया।

□

8

कचहरियों से होती हुई यात्रा

अयोध्या में स्थित राम मंदिर का विवाद भारतीय कचहरियों के विवाद में सबसे लंबित मुकदमा रहा। इससे संबंधित जो दस्तावेज सबसे पहले मौजूद थे, वे सालों पहले सन् 1858 के पाए गए। 28 नवंबर, 1858 की रिपोर्ट के अनुसार औध (अवध) पुलिस स्टेशन के प्रभारी, थानेदार शीतल दूबे ने भगवान् राम के जन्मस्थान के केंद्र में मौजूद मस्जिद में पूजा के बारे में बताया है। वह पूजा भी एक निहंग सिख फकीर खालसा द्वारा की जाती थी। दूबे की रिपोर्ट के अनुसार वह निहंग सिख पंजाब से थे और उनके साथ 25 साथी सिख और भी थे।

मीनाक्षी जैन ने अपनी पुस्तक 'राम और अयोध्या' में इस न्यायिक विवाद की विस्तृत व्याख्या की है—

"निहंग सिखों द्वारा जन्मस्थान मस्जिद के केंद्र में पूजा शुरू करने के दो दिनों के भीतर मुहम्मद असगर नामक एक व्यक्ति ने इस मामले में ब्रिटिश सरकार से हस्तक्षेप कराने के लिए एक प्रस्तुति तैयार की। (केस नं.-884, मुहल्ला कोट रामचंद्र, अयोध्या)। असगर बाबरी मस्जिद का खातिब एवं मुजम्मिन (देख-रेख करनेवाला) था।"

सुप्रीम कोर्ट के वकील विराग गुप्ता ने इस न्यायिक यात्रा का सारांश 'कचहरियों में अयोध्या का राम मंदिर' में प्रस्तुत किया—"सन् 1885 में कांउसिल के समक्ष एक दीवानी मुकदमा दायर किया गया। स्वतंत्रता मिलने के बाद पहला मामला हिंदू महासभा के श्री जी.एस. विशारद (गोपाल सिंह

विशारद) द्वारा फाइल किया गया, जिसमें सन् 1950 में वहाँ पूजा के अधिकार का दावा किया गया। उसके तुरंत बाद एक मुकदमा परमहंस रामचंद्र ने जहूर अहमद और सात अन्य प्रतिवादियों के विरुद्ध दायर किया। प्रतिवादियों के इन सात लोगों में से पाँच अयोध्या के निवासी, उत्तर प्रदेश की राज्य सरकार एवं अयोध्या के उपायुक्त भी शामिल थे। केंद्रीय सुन्नी बोर्ड को भी सन् 1989 में प्रतिवादी नं. 8 के रूप में जोड़ लिया गया। सन् 1959 में, तीसरा मुकदमा निर्मोही अखाड़े के महंत ने दायर किया, जिसमें उन्होंने मंदिर के प्रबंधन के अधिकार देने की माँग की। चौथा मुकदमा 1961 में सुन्नी वक्फ मस्जिद ऑफ वक्फ ने दायर किया, जिसमें बाबरी मस्जिद से मूर्तियाँ हटाने की माँग की गई। 1989 में पाँचवाँ मुकदमा भगवान् श्रीराम विराजमान एवं इलाहाबाद उच्च न्यायालय के पूर्व जज श्री देवकीनंद अग्रवाल द्वारा राम मंदिर के निर्माण के लिए दायर किया गया। यह मामले एवं दावे इलाहाबाद हाईकोर्ट में सन् 1989 में पूर्व न्यायिक निर्णय के लिए रखे गए। इन दीवानी मामलों का फैसला इलाहाबाद उच्च न्यायालय द्वारा 2010 में किया गया।"

अयोध्या में मुख्य विवादित भूमि करीब 2.77 एकड़ की है। केंद्र की सरकार ने उस संपूर्ण विवादित भूमि को 'कुछ निश्चित क्षेत्र के अधिग्रहण अयोध्या अधिनियम, 1993' के तहत अधिगृहीत।

हालाँकि इलाहाबाद उच्च न्यायालय ने अपने फैसले में (गोपाल सिंह विशारद बनाम जहूर अहमद 2010 एस.सी.सी. ऑनलाइन ऑल 1934 केस में) उस भूमि का बँटवारा तीन बराबर भागों में करने के आदेश दिए, जिसमें रामलला, निर्मोही अखाड़ा और सुन्नी वक्फ बोर्ड को बराबर-बराबर भाग दिए जाएँगे।

इलाहाबाद उच्च न्यायालय में निर्णय तीन जजों की खंडपीठ ने लिया— जस्टिस धर्मवीर शर्मा, जस्टिस सुधीर अग्रवाल और जस्टिस एस.यू. खान (जस्टिस शर्मा ने अपने निर्णय में संपूर्ण विवादित जमीन को हिंदुओं को दे देने की बात कही।) सुप्रीम कोर्ट ने 2011 में इस निर्णय पर रोक लगा दी, क्योंकि उसमें जजों के निर्णय के विरुद्ध अपील सुनने का फैसला लिया गया था।

भगवान् राम के 'जन्मस्थान' वाले विवादित स्थल पर इलाहाबाद उच्च न्यायालय की महत्त्वपूर्ण टिप्पणियाँ निम्नलिखित हैं—

जस्टिस धर्मवीर शर्मा

"इन बातों की पुष्टि ऊपर लिखी बातें करती हैं कि रामकोट में भगवान् राम के जन्मस्थान में एक हिंदू मंदिर हुआ करता था। सर्जन जे.ए. बालफोयर, पी. कारनेजी एवं अन्य गजेटियरों के अनुसार इनसाइक्लोपीडिया ब्रिटेनिका, भारत में लिखा है कि बाबरी मस्जिद का स्थान रामजन्मभूमि का स्थल ही बताया गया है और यह विलियम फिंच का संस्करण इस बात की पुष्टि करता है कि तीर्थयात्री वहाँ इस विश्वास के साथ प्रार्थनाएँ करते थे कि वह स्थल भगवान् राम की जन्मस्थली है। हेंस बेकर ने अपने शोधकार्य में इसके ऐतिहासिक संस्करण के बारे में बताया है। उन्होंने इतिहास की पुस्तकों के साथ-साथ हिंदुओं की धार्मिक पुस्तकें भी पढ़ी हैं। मैंने इस विषय पर उनके शोध के महत्त्वपूर्ण उदाहरणों को पहले ही बता दिया है। इस प्रकार पहले से मौजूद सामग्रियों से यह पता चलता है कि रामजन्मभूमि के स्थल पर एक मंदिर हुआ करता है, जो 12वीं सदी में फिर से बनाया गया था और फिर बाद में उसे तोड़ दिया गया था। भारतीय पुरातत्त्व विभाग ने 12वीं सदी के इस मंदिर के तोड़ने की पुष्टि की है। यहाँ तक कि बाबरी मस्जिद का वह मलबा, जो 6 दिसंबर, 1992 को जमा किया गया था, उसमें रामजन्मभूमि मंदिर की मौजूदगी के सबूत मिलते हैं कि वह भगवान् राम के जन्म का स्थान माना गया। पुराने मंदिर से चौदह कसौटी खंभे लिये गए और मुसलमानों ने मस्जिद के निर्माण में उन खंभों का इस्तेमाल किया, जिसमें हिंदू देवी-देवताओं की छवियाँ बनी हुई थीं। हेंस बेकर ने सीता की रसोई और चरणपादुका भी पहचान की थी।"

जस्टिस सुधीर अग्रवाल

"इस प्रकार द्वारा घोषित किया जाता है कि केंद्रीय गुंबद द्वारा आवरण किया गया क्षेत्र तीन गुंबददार संरचना, अर्थात् वह विवादित स्थल हिंदुओं की मान्यताओं के अनुरूप भगवान् राम का जन्मस्थान है और वह मुकदमा-5 के

अनुसार अभियोगी का है और किसी भी रूप में प्रतिवादियों द्वारा इसे रोका नहीं जाएगा या इसमें हस्तक्षेप नहीं किया जाएगा।

"...हम संतुष्ट हैं और इस बात को मानते हैं कि उस जन्मस्थान में हिंदुओं द्वारा पूजा होती है और तीन गुंबदीय संरचना के केंद्रीय गुंबद के नीचे, अर्थात् विवादित संरचना के परिसर की आंतरिक संरचना में विवाद है।"

1993 में राष्ट्रपति का संदर्भ

सन् 1993 में केंद्रीय सरकार ने भारत के राष्ट्रपति के जरिए देश की सुप्रीम कोर्ट को एक संदर्भ भेजा, जिसमें उनसे उनका पक्ष पूछा गया कि क्या 1993 में विवादित स्थल में बाबरी मस्जिद के ढाँचे से पहले कोई एक हिंदू मंदिर या धार्मिक संरचना मौजूद थी। सुप्रीम कोर्ट में पाँच सदस्यीय संवैधानिक न्यायपीठ बनाई गई, जिसका नेतृत्व चीफ जस्टिस एम. वेंकटचलैया ने 1994 में किया था, जिन्होंने संदर्भ के उत्तरों को आदरपूर्वक मना कर दिया था। इस 'विशेष संदर्भ' का आलेख इस प्रकार है—

विशेष संदर्भ

1. हालाँकि इस बात पर विवाद उठ चुका है कि उस विवादित स्थल के निर्माण के पहले उस जगह पर कोई हिंदू मंदिर या कोई हिंदू धार्मिक इमारत मौजूद थी अथवा नहीं (जिसमें आंतरिक एवं बाह्य आँगन) जिसे समग्र रूप से रामजन्मभूमि-बाबरी मस्जिद कहते हैं, वह उत्तर प्रदेश के फैजाबाद जिले की तहसील फैजाबाद सदर में अयोध्या के कोट रामचंद्र गाँव में के प्रांगण हवेली अवध में स्थित है अथवा नहीं;
2. इसके साथ ही उस इलाके के गाँव कोट रामचंद्र के राजस्व भूखंड नं. 159 व 160 में वह अवस्थित है;
3. हालाँकि इस विवाद से सार्वजनिक व्यवस्था और रखरखाव, विभिन्न समुदाय के लोगों के बीच का सामंजस्य प्रभावित हुआ है;
4. जबकि उपर्युक्त क्षेत्र केंद्रीय सरकार द्वारा अधिग्रहण के आधार पर सन् 1993 में अयोध्या अध्यादेश के क्षेत्र के मध्य में निहित है;

5. कथित अध्यादेश के तहत केंद्रीय सरकार के निहितार्थ के बावजूद उपर्युक्त इलाके को, केंद्रीय सरकार ने भारत की सर्वोच्च न्यायालय की राय प्राप्त करने के बाद, उक्त संदर्भ में उक्त विवाद का निपटारा करने के लिए प्रस्ताव रखा।
6. जबकि यहाँ जो बताया गया है इसके बावजूद मुझे ऐसा लगता है कि इसके बाद जो सवाल उत्पन्न होता है कि यह सवाल इस प्रकृति और सार्वजनिक महत्त्व का है कि इसमें भारत के सर्वोच्च न्यायालय की राय प्राप्त करना आवश्यक है;
7. इसलिए संविधान द्वारा प्रदत्त शक्तियों के तहत अनुच्छेद 143 के खंड (1) के द्वारा मैं शंकर दयाल शर्मा, भारत का राष्ट्रपति, भारत के सर्वोच्च न्यायालय को निम्नलिखित प्रश्नों पर अपनी राय और विचार रखने के लिए प्रस्तुत करता हूँ;

रामजन्मभूमि-बाबरी मस्जिद के निर्माण से पहले उस क्षेत्र में, आज जहाँ वह संरचना मौजूद है, वहाँ पहले क्या कोई हिंदू मंदिर या कोई हिंदू धार्मिक स्थल मौजूद था? (जिसमें उस प्रांगण में आंतरिक एवं बाह्य आँगन परिसर की संरचना भी शामिल थी?)

हस्ताक्षर/-
भारत के राष्ट्रपति

नई दिल्ली,
दिनांक 7 जनवरी, 1993

एम. इस्माइल फारुकी (डा०) बनाम केंद्र सरकार (1994) 6 एस.सी.सी. 360, में सर्वोच्च न्यायालय ने उपर्युक्त प्रश्नों का उत्तर देने से मना कर दिया और कहा—

"(11) इसके फलस्वरूप 1993 के विशेष संदर्भ संख्या 1 (ईडी) : आदेश पीठ के लिए 27 जनवरी, 1993 की वर्तमान खंडपीठ संदर्भ पर (1993) 1 एस.सी.सी. (642)में राष्ट्रपति

द्वारा बनाए गए अनुच्छेद 143(1) के तहत···पूरी विनम्रता के साथ हम इसका जवाब देने से मना करते हैं।"

विराग गुप्ता के अनुसार, "ऐसा अकसर कहा जाता है कि अयोध्या के राम मंदिर में बहुत सारे दावों का पिटारा खुलेगा; हालाँकि सन् 1991 में संसद् ने पूजा के स्थान (विशेष प्रावधान) 1991 बनाया, जिसमें धार्मिक संरचनाओं की सुरक्षा के लिए अधिनियम बनाए गए। नरसिम्हा राव सरकार ने किसी भी धार्मिक संरचना की प्रकृति को बदलने पर रोक लगा दी। महत्त्वपूर्ण बात यह है कि रामजन्मभूमि/बाबरी मस्जिद को इस कानून से अलग रखा गया।"

पूजा के स्थान
(विशेष प्रावधान) अधिनियम, 1991

धारा 1 लघु शीर्षक, सीमा तथा प्रारंभ

1. इस अधिनियम को पूजा के स्थान (विशेष प्रावधान) अधिनियम, 1991 कहा जा सकता है।
2. इसका विस्तार जम्मू कश्मीर राज्य के सिवाय पूरे भारत देश पर होगा।
3. धारा 3, 6 तथा 8 के प्रावधान तुरंत प्रभाव से लागू हो जाएँगे तथा इस अधिनियम के बाकी के बचे हुए प्रावधान 11 जुलाई, 1991 से लागू माने जाएँगे।

पूजा के स्थान
(विशेष प्रावधान) अधिनियम, 1991

धारा 2 परिभाषाएँ

इस अधिनियम में, जब तक कि संदर्भ की अन्यथा आवश्यकता न हो—

1. इस अधिनियम के प्रारंभ से तात्पर्य होगा, दिनांक 11 जुलाई, 1991 से इस अधिनियम का प्रारंभ,

2. रूपांतरण अपने व्याकरणात्मक विविधताओं के साथ किसी भी प्रकार का कोई भी परिवर्तन अथवा बदलाव सम्मिलित करेगा,
3. पूजा के स्थान का अर्थ होगा मंदिर, मस्जिद, गुरुद्वारा, गिरजाघर, मोनेस्टरी अथवा कोई भी अन्य स्थान, जो कि किसी भी धर्म के संप्रदाय अथवा उसके किसी भी वर्ग का सार्वजनिक रूप से पूजा का स्थान हो, जिसे किसी भी नाम से पुकारा जाता हो।

पूजा के स्थान
(विशेष प्रावधान) अधिनियम, 1991

धारा 3 पूजा के स्थान के रूपांतरण पर रोक

कोई भी व्यक्ति किसी भी धर्म के संप्रदाय अथवा उसके किसी भी वर्ग के पूजा के स्थान को उसी धार्मिक संप्रदाय के अथवा किसी भी अन्य धार्मिक संप्रदाय के अथवा उसके किसी भी वर्ग के पूजा के स्थान में रूपांतरित नहीं करेगा।

पूजा के स्थान
(विशेष प्रावधान) अधिनियम, 1991

धारा 4 कुछ धार्मिक स्थानों के धार्मिक चरित्र के रूप में घोषणा तथा न्यायालयों के क्षेत्राधिकार पर रोक आदि

1. इस प्रकार द्वारा यह घोषणा की जाती है कि जो पूजा के स्थान के धार्मिक चरित्र की स्थिति दिनांक 15 अगस्त, 1947 को विद्यमान थी, वही वर्तमान में भी उसी प्रकार से विद्यमान रहेगी।
2. यदि इस अधिनियम के प्रारंभ पर कोई अपील अथवा कोई भी अन्य कार्यवाही किसी भी पूजा के स्थान के धार्मिक चरित्र के रूपांतरण के संबंध में, जो कि दिनांक 15 अगस्त, 1947 को विद्यमान थी, किसी भी न्यायालय, न्यायाधिकरण अथवा किसी भी अन्य अधिकरण में लंबित होती है तो वह रद्द मानी जाएगी

तथा इस प्रकार का कोई भी संबंधित अपील अथवा कोई भी अन्य कार्यवाही, इस अधिनियम के प्रारंभ के उपरांत, किसी भी न्यायालय, न्यायाधिकरण अथवा किसी भी अन्य अधिकरण में नहीं मानी जाएगी—

बशर्ते कि यदि कोई अपील अथवा कोई भी अन्य कार्यवाही, इस आधार पर संस्थापित अथवा दायर की गई हो कि इस प्रकार के किसी भी धार्मिक स्थान के धार्मिक चरित्र का रूपांतरण दिनांक 15 अगस्त, 1947 के उपरांत किया गया है तथा वह इस अधिनियम के प्रारंभ के समय लंबित हो तो इस प्रकार का अपील अथवा कोई भी अन्य कार्यवाही रद्द नहीं मानें जाएँगी तथा इस प्रकार का प्रत्येक सूट, अपील अथवा कोई भी अन्य कार्यवाही उपधारा (1) के प्रावधानों के अनुसार निपटाए जाएँगे।

3. उपधारा (1) तथा उपधारा (2) में निहित कुछ भी निम्न पर लागू नहीं होंगे—

   (a) पूजा का स्थान, जो कि उपर्युक्त उपधाराओं में वर्णित किया गया है, यदि प्राचीन एवं ऐतिहासिक इमारत है अथवा पुरातत्त्विक स्थल हैं अथवा ऐसे अवशेष हैं, जो कि प्राचीन इमारतों तथा पुरातात्त्विक स्थलों तथा अवशेष अधिनियम, 1958 (1958 के 24) अथवा किसी अन्यथा कानून के अंतर्गत आते हैं, जो कि इस समय प्रभावशाली हैं;

   (b) कोई अपील अथवा कोई भी अन्य कार्यवाही, जो कि उपधारा (2) में वर्णित की गई हो, किसी भी मामले से संबंध रखती हो, जो कि न्यायालय, न्यायाधिकरण अथवा किसी भी अधिकरण द्वारा, इस अधिनियम के प्रारंभ से पहले, अंतिम तौर पर निर्णित की गई हो, उस पर फैसला कर दिया गया हो अथवा उसका निराकरण कर दिया गया हो;

(c) इस प्रकार के किसी भी मामले में कोई भी विवाद, जो कि इस अधिनियम के प्रारंभ से पहले संबंधित पक्षों द्वारा आपस में सुलझा लिया गया हो;

(d) इस प्रकार के किसी भी स्थान का कोई भी रूपांतरण, जो कि आपसी रजामंदी से इस अधिनियम के प्रारंभ से पहले कर लिया गया हो;

(e) इस प्रकार के किसी भी स्थान का रूपांतरण इस अधिनियम के प्रारंभ से पहले संपन्न किया जा चुका हो, जिसको कि किसी भी न्यायालय, न्यायाधिकरण अथवा किसी भी अधिकरण में चुनौती नहीं दी जा सकती हो तथा जो कि वर्तमान में प्रभावशील किसी भी कानून के अंतर्गत परिसीमा से वर्जित हो।

5. यह अधिनियम रामजन्मभूमि-बाबरी मस्जिद पर लागू नहीं होगा।

इस अधिनियम में निहित कुछ भी ऐसे पूजा के स्थान पर, जो कि उत्तर प्रदेश राज्य के अयोध्या में स्थित आमतौर पर राम जन्मभूमि–बाबरी मस्जिद के नाम से जाना जाता हो, पर लागू नहीं होगा तथा न ही इस प्रकार के किसी भी स्थान अथवा पूजा के स्थान से संबंधित किसी भी अपील अथवा किसी भी अन्य कार्यवाही पर लागू होगा।

6. धारा 3 के उल्लंघन के लिए दंड

1. जो भी धारा 3 का उल्लंघन करेगा, उसे कारावास की सजा हो सकती है, जो कि 3 वर्ष की अवधि तक बढ़ाई जा सकती है तथा इसके अतिरिक्त आर्थिक दंड भी देना होगा।
2. यदि कोई ऐसा अपराध करता है, जो कि उपधारा (1) के अंतर्गत दंडनीय हो अथवा इस प्रकार के अपराध के लिए प्रतिबद्ध होता है अथवा इस प्रकार के किसी भी प्रयास के दौरान इस प्रकार का

कोई कृत्य करता है, जो कि दोषपूर्ण हो तो उसे उस अपराध के लिए निर्धारित दंड से दंडित किया जाएगा।

3. जो भी उपधारा (1) के अंतर्गत किसी को उत्तेजित करेगा अथवा किसी भी आपराधिक साजिश में भाग लेगा उसे, चाहे उस उकसाने के परिणामस्वरूप अथवा इस प्रकार की आपराधिक साजिश के अनुसरण में वह अपराध किया गया हो अथवा नहीं तथा भारतीय दंड संहिता की धारा 116 में निहित होने के बावजूद उसे उस अपराध के लिए निर्धारित दंड से दंडित किया जाएगा।

पूजा के स्थान (विशेष प्रावधान) अधिनियम, 1991

धारा 7 अन्य कानूनों को अधिभावी करने के लिए अधिनियम

किसी भी अन्य कानून में, जो कि वर्तमान में प्रभावशील हैं, भले ही कुछ भी असंगत हो अथवा इस अधिनियम के अतिरिक्त किसी भी कानून के आधार पर प्रभाव डालने वाला कोई भी उपकरण हो, उस पर इस अधिनियम के प्रावधान प्रभावकारी रहेंगे।

1. केंद्र सरकार की वह शक्ति, जिसके अंतर्गत वह इस प्रकार के क्षेत्र के निहित होने के अधिकार को किसी अन्य प्राधिकरण अथवा निकाय अथवा ट्रस्ट को देगी।

पूजा के स्थान (विशेष प्रावधान) अधिनियम, 1991

धारा-8 1951 के अधिनियम 43 में संशोधन

इस अधिनियम द्वारा किसी भी अधिनियम का निरस्त होना किसी भी अन्य अधिनियम को प्रभावित नहीं करेगा, जिसमें कि निरस्त किया हुआ अधिनियम लागू किया गया हो, शामिल किया गया हो अथवा संदर्भित किया गया हो।

1. 2001 के अधिनियम 43 के निरस्त होने से पूर्व धारा 8 निम्न रूप से पढ़ी जाती थी—

   1951 के अधिनियम 43 में संशोधन-रीप्रेजेंटेशन ऑफ पीपल्स अधिनियम, 1951, उपधारा (1)—

   (a) खंड (1) में अंत में शब्द 'अथवा' को जोड़ा जाएगा;

   (b) खंड (1) के उपरांत, जैसा कि संशोधित किया गया है, निम्न खंड जोड़ा जाएगा, यथा : "(j) पूजा के स्थानों (विशेष प्रावधान) अधिनियम, 1991 की धारा 6 (पूजा के स्थान के रूपांतरण का अपराध)।"

2001 के अधिनियम 30, खंड 2 तथा अनुसूचि 1 द्वारा निरस्त किया गया।

केंद्र द्वारा भूमि-अधिग्रहण

कारसेवकों द्वारा वर्ष 1992 में दिसंबर माह में बाबरी मस्जिद के विध्वंस के उपरांत केंद्र में स्थित कांग्रेस की सरकार ने एक अध्यादेश के माध्यम से अयोध्या की वह विवादित भूमि अधिगृहीत कर ली थी, जो कि बाद में 'अयोध्या में एक निश्चित भूमि अधिग्रहण अधिनियम, 1993' के नाम से जानी गई।

उत्तर प्रदेश राज्य में उस समय राष्ट्रपति शासन लागू था। विराग गुप्ता के अनुसार, 'संवैधानिक प्रावधानों के अनुसार, 'भूमि' राज्य सूची का मामला

है, जो कि समवर्ती सूची की प्रविष्टि संख्या 18 तथा प्रविष्टि संख्या 42 के अनुसार है, जो कि 'संपत्ति का अधिग्रहण तथा पुनः अधिग्रहण' के संबंध में है, जिसके अंतर्गत केंद्र सरकार को भूमि अर्जित करने का अधिकार प्राप्त होता है। अधिग्रहण के उपरांत, केंद्र सरकार उस भूमि की स्वामी हो जाती है।

'अयोध्या में एक निश्चित भूमि अधिग्रहण अधिनियम, 1993'

(1993 की संख्या 33, दिनांकित 3 अप्रैल, 1993)

एक अधिनियम जिसके अंतर्गत अयोध्या में एक निश्चित क्षेत्र की भूमि को अधिगृहीत किया गया तथा उस भूमि से संबंधित अथवा प्रासंगिक मामले सम्मिलित है!

जबकि उस ढाँचे पर एक बहुत लंबा विवाद कायम है (जिसमें उस ढाँचे के परिसर का भीतरी तथा बाहरी आँगन सम्मिलित हैं), जिसको आमतौर पर राम जन्मभूमि-बाबरी मस्जिद कहा जाता है, जो कि उत्तर प्रदेश राज्य के अयोध्या के कोट रामचंद्र गाँव, हवेली परगना, अवध, तहसील फैजाबाद सदर, जिला फैजाबाद में स्थित है;

उक्त विवाद के चलते देश के विभिन्न समुदायों में सार्वजनिक व्यवस्था तथा सामंजस्य कायम रख पाने में परेशानी आई।

यह आवश्यक है कि सार्वजनिक व्यवस्था को बनाए रखना होगा तथा सांप्रदायिक सामंजस्य को बढ़ावा देना होगा तथा भारतवर्ष के लोगों में आम भाईचारे की भावना को भी बढ़ावा देना होगा।

यह देखते हुए कि उपर्युक्त वर्णित उद्देश्यों को हासिल करना है, यह आवश्यक है कि अयोध्या में एक निश्चित भाग को अधिगृहीत किया जाए; फिर चाहे वह भारत गणराज्य के चालीसवें वर्ष में निम्न रूप से संसद् द्वारा अधिनियमित किया जाए।

I

प्रारंभिक

1. लघु शीर्षक एवं प्रारंभ

(1) इस अधिनियम को अयोध्या में एक निश्चित भूमि अधिग्रहण अधिनियम, 1993 के नाम से पुकारा जाएगा।

(2) यह अधिनियम दिनांक 7 जनवरी, 1993 को लागू हुआ समझा जाएगा।

2. परिभाषाएँ

(a) 'क्षेत्र' का अर्थ होगा, वह क्षेत्र, जिसमें सभी इमारतें, ढाँचे अथवा कोई भी अन्य संपत्ति, जो कि उसमें सम्मिलित हो, सम्मिलित होंगी, जो कि अनुसूची में निर्दिष्ट किया गया होगा।

(b) 'अधिकृत व्यक्ति' का अर्थ होगा धारा 7 के अंतर्गत केंद्र सरकार द्वारा अधिकृत कोई भी व्यक्ति अथवा व्यक्तियों अथवा किसी भी ट्रस्ट के न्यासियों की संस्था।

(c) 'दावा आयुक्त' का अर्थ होगा, वह दावा आयुक्त, जो कि धारा 8 की उपधारा (2) के अंतर्गत नियुक्त किया जाएगा।

(d) 'निर्धारित' का अर्थ होगा, इस अधिनियम के अंतर्गत बने नियमों द्वारा निर्धारित।

II

अयोध्या में अधिगृहीत की गई भूमि

3. कुछ निश्चित क्षेत्रों के संबंध में अधिग्रहण के अधिकार

इस अधिनियम के प्रारंभ पर तथा उसके उपरांत, क्षेत्र के संबंध में अधिकार, हक तथा हित, इस अधिनियम के माध्यम से केंद्र सरकार को हस्तांतरित तथा उसमें निहित माने जाएँगे।

4. निहित होने के सामान्य प्रभाव

(1) क्षेत्र से समझा जाएगा, सभी निम्न का सम्मिलित होना— आस्तियाँ, अधिकार, पट्टाभूमियाँ, शक्तियाँ, चल तथा अचल संपत्ति, जिसमें सम्मिलित होंगी भूमि, इमारतें, ढाँचे, किसी भी प्रकृति की दुकानें अथवा अन्य आस्तियाँ तथा इस प्रकार की सभी संपत्तियों के संबंध में अन्य सभी अधिकार तथा हित, जो कि इस अधिनियम के प्रारंभ के तुरंत पहले से थे, जो कि किसी भी व्यक्ति के स्वामित्व, कब्जे, अधिकार में हो अथवा उत्तर प्रदेश की राज्य सरकार के अधिकार में हों जो भी मामला हो तथा सभी पंजिकाएँ, नक्शे, परियोजनाएँ, चित्र तथा अन्य सभी दस्तावेज, जो कि इससे संबंधित हों, इसमें सम्मिलित होंगे।

(2) सभी उक्त संपत्तियाँ, जो कि धारा 3 के अंतर्गत केंद्र सरकार में निहित हो गई हैं, इस निहित होने के कारण, ट्रस्ट, प्रतिज्ञा-पत्र, गिरवी होने से, प्रभार, ग्रहणाधिकार अथवा उसको प्रभावित करनेवाले किसी भी भार से मुक्त तथा खारिज मानी जाएँगी तथा ऐसी कोई भी जब्त, निषेधाज्ञा, डिग्री अथवा आदेश से मुक्त मानी जाएँगी, जो कि किसी भी न्यायालय अथवा न्यायाधिकरण अथवा किसी भी अन्य अधिकरण द्वारा उस प्रकार की संपत्ति के किसी भी प्रकार के प्रयोग को प्रतिबंधित करती हो अथवा इस प्रकार की संपत्ति के पूरे हिस्से अथवा कुछ भाग पर कोई प्राप्तकर्त्ता नियुक्त करता हो, वह इसके उपरांत प्रभावी नहीं रह जाएगा।

(3) यदि इस अधिनियम के प्रारंभ पर, धारा 3 के अंतर्गत केंद्र सरकार में निहित किसी भी संपत्ति के अधिकार, हक तथा हित के संबंध में कोई अपील अथवा कोई भी कार्यवाही, किसी भी न्यायालय, न्यायाधिकरण अथवा किसी भी अन्य अधिकरण में लंबित होती है तो वह रद्द मानी जाएगी।

5. क्षेत्र के प्रबंधन के प्रभारी व्यक्ति अथवा राज्य सरकार का यह कर्तव्य होगा कि वह सभी संपत्तियाँ आदि प्रदान करें।

(1) केंद्र सरकार उसमें धारा 3 के अंतर्गत निहित क्षेत्र की सभी आस्तियों को सुरक्षित करने के लिए सभी आवश्यक कदम उठाएगी।

(2) धारा 3 के अंतर्गत केंद्र सरकार में क्षेत्र को निहित करने पर वह व्यक्ति अथवा उत्तर प्रदेश की राज्य सरकार, जो भी मामला हो, उस क्षेत्र के प्रबंधन का जो भी प्रभारी होगा। वह इस से संबंधित सभी आस्तियाँ, पंजियाँ तथा अन्य सभी दस्तावेज, जो भी उसकी अभिरक्षा में हों, इस प्रकार से निहित होने से पूर्व, केंद्र सरकार को अथवा अधिकृत व्यक्ति को सौंपने के लिए बाध्य होगा तथा जहाँ यह प्रदान करना व्यावहारिक नहीं होगा, वहाँ उस पंजी अथवा दस्तावेज की प्रतियाँ, जो कि निर्धारित किए गए तरीके से प्रमाणित करके सौंपेगा।

6. केंद्र सरकार की वह शक्ति, जिसके अंतर्गत वह इस प्रकार के क्षेत्र के निहित होने के अधिकार को किसी अन्य प्राधिकरण अथवा निकाय अथवा ट्रस्ट को देगी

(1) धारा 3, 4, 5 तथा 7 में जो भी सम्मिलित है उसके बावजूद, केंद्र सरकार चाहे तो यदि वह इस बात से संतुष्ट है कि कोई भी प्राधिकरण अथवा कोई निकाय अथवा किसी भी न्यास के न्यासी, जो कि इस अधिनियम के प्रारंभ के समय अथवा उसके बाद स्थापित किए गए हों तथा इस प्रकार के नियमों तथा शर्तों का अनुपालन करने के लिए तैयार हैं। तथा यदि सरकार द्वारा, सरकारी राजपत्र द्वारा निर्देशित कर लागू करना सही माना जाता है कि उनमें से किसी के भी अधिकार, हक तथा हित, उस क्षेत्र के संबंध में हों अथवा उसके किसी भाग के संबंध में हों, केंद्र सरकार में निहित होना मानने के बजाय

उस प्राधिकरण अथवा निकाय अथवा उस न्यास के न्यासी में निहित हों जो कि अधिसूचना की तिथि से हो अथवा किसी भी ऐसी बाद की तिथि को, जो कि अधिसूचना में अधिसूचित की गई हो तो यह किया जा सकेगा।

(2) उपधारा (1) में संदर्भित कोई अधिकार, हक अथवा हित, जो कि उस क्षेत्र अथवा उसके किसी भाग के संबंध में हों, किसी प्राधिकरण अथवा निकाय अथवा न्यासियों में निहित किए जाते हैं। ऐसे अधिकार हक अथवा हित, उस क्षेत्र अथवा उसके किसी भाग के संबंध में केंद्र सरकार के पास थे, उस अधिकार को निहित करने की तिथि से अथवा उसके उपरांत से उस प्राधिकरण अथवा निकाय अथवा न्यासियों के अधिकार बन जाएँगे।

(3) धारा 4, 5, 7 तथा 11 के प्रावधान, जहाँ तक हो सकते हैं, उस प्राधिकरण अथवा निकाय अथवा न्यासियों पर लागू हो जाएँगे। जैसे कि वह केंद्र सरकार पर लागू होते थे तथा इस उद्देश्य के लिए, केंद्र सरकार के संदर्भ को इस प्रकार की प्राधिकरण अथवा निकाय अथवा न्यासियों के संदर्भ के रूप में तैयार किया जाएगा।

III

संपत्ति का प्रबंधन तथा प्रशासन

7. सरकार द्वारा संपत्ति का प्रबंधन

(1) किसी भी अनुबंध अथवा दस्तावेज अथवा किसी भी न्यायालय, न्यायाधिकरण अथवा किसी भी अन्य प्राधिकरण द्वारा जारी किसी भी आदेश में विपरीत कुछ भी सम्मिलित होने के बावजूद इस अधिनियम के प्रारंभ की तिथि से और उसके

उपरांत, धारा 3 के अंतर्गत केंद्र सरकार में निहित संपत्ति केंद्र सरकार द्वारा और उसकी ओर से कोई भी व्यक्ति अथवा निकाय और किसी भी न्यास के न्यासी, जो उस सरकार द्वारा अधिकृत किए जाएँगे उनके द्वारा प्रबंधित की जाएगी।

(2) धारा 3 के अंतर्गत केंद्र सरकार में निहित संपत्ति के प्रबंधन में केंद्र सरकार अथवा उस अधिकृत व्यक्ति को यह सुनिश्चित करना होगा कि उसे क्षेत्र में जहाँ कि ढाँचा स्थित है (जिसमें सम्मिलित हैं, उस ढाँचे के परिसर के भीतरी तथा बाहरी आँगन), जिसको आमतौर पर राम जन्मभूमि-बाबरी मस्जिद कहा जाता है, जो कि उत्तर प्रदेश राज्य के अयोध्या के कोट रामचंद्र गाँव, हवेली परगना, अवध, तहसील फैजाबाद सदर, जिला फैजाबाद में स्थित है, को अनुरक्षित रखेगा।

IV

प्रकीर्ण

8. राशि का भुगतान

(1) किसी भी भूमि, इमारत, ढाँचे अथवा अन्य संपत्ति, जो कि इस क्षेत्र में शामिल हैं स्वामी को केंद्र सरकार द्वारा नकद में वह राशि प्रदान की जाएगी। जो कि उस भूमि के, इमारत के, ढाँचे के अथवा अन्य संपत्ति के बाजार मूल्य के बराबर होगी। उनको उस भूमि के, इमारत के, ढाँचे के अथवा अन्य संपत्ति के हस्तांतरण के लिए तथा सरकार में उसे निहित करने के लिए दी जाएगी, जो धारा 3 के अंतर्गत होगी।

(2) केंद्र सरकार स्वामी के दावे अथवा किसी भी अन्य व्यक्ति के दावे, जो कि उपधारा (1) के अंतर्गत स्वामी के विरुद्ध हो सकता हो, के दावों के निस्तारण के लिए सरकारी राजपत्र में

अधिसूचना के माध्यम से एक 'दावा आयुक्त' नियुक्त करेगी।

(3) दावा आयुक्त अपने द्वारा निश्चित की गई कार्यवाही की प्रक्रिया द्वारा दावों को प्राप्त करेगा तथा उसका निस्तारण करेगा।

(4) भूमि का स्वामी अथवा उसके विरुद्ध दावा करनेवाला व्यक्ति इस अधिनियम के प्रारंभ की तिथि के 90 दिनों के भीतर दावा आयुक्त के सम्मुख अपना दावा पेश कर सकता है : बशर्ते कि दावा आयुक्त इस बात से संतुष्ट हो कि दावा करनेवाले के पास दावा करने का पर्याप्त कारण है, तभी वह उक्त समय सीमा में दावा कर सकता है तो ऐसी स्थिति में दावा आयुक्त दावे पर विचार कर सकता है, जो कि आगे 90 दिनों के भीतर करना होगा तथा उसके उपरांत नहीं किया जा सकता।

9. अन्य कानूनों को अधिभावी करने के लिए अधिनियम

किसी भी अन्य कानून में, जो कि वर्तमान में प्रभावशील हैं, भले ही कुछ भी असंगत हो अथवा इस अधिनियम के अतिरिक्त किसी भी कानून अथवा किसी भी न्यायालय, न्यायाधिकरण अथवा किसी भी अन्य प्राधिकरण द्वारा न्यायिक निर्णय अथवा आदेश के आधार पर प्रभाव डालनेवाला कोई भी उपकरण हो, उस पर फिर भी इस अधिनियम के प्रावधान प्रभावकारी रहेंगे।

10. अर्थदंड

वह व्यक्ति, जो कि इस क्षेत्र का कार्यभार सँभालता है, यदि केंद्र सरकार अथवा अधिकृत व्यक्ति को कोई भी परिसंपत्ति, पंजी अथवा कोई भी अन्य दस्तावेज, जो भी इस क्षेत्र के संबंध में उसकी अभिरक्षा में हों अथवा इस प्रकार की पंजी की अथवा दस्तावेज की प्रमाणित प्रति, जो भी मामला हो, देने में असमर्थ होता है, उसको दंड दिया जाएगा, जो कि कारावास हो सकता है, जिसकी अवधि तीन वर्ष तक बढ़ाई जा सकती है अथवा अर्थदंड हो सकता है, जिसकी राशि दस हजार रुपए तक हो सकती है अथवा दोनों भी हो सकती हैं।

11. सद्भाव में की गई कार्यवाही का संरक्षण

केंद्र सरकार अथवा उसके द्वारा नियुक्त अधिकृत व्यक्ति अथवा उस सरकार के अथवा अधिकृत व्यक्ति के किन्हीं भी ऐसे अधिकारियों अथवा अन्य कर्मचारियों के विरुद्ध किसी भी ऐसे कृत्य के लिए, जो कि उनके द्वारा इस अधिनियम के अंतर्गत सद्भाव के साथ अथवा ऐसी मंशा के साथ किया गया हो, के विरुद्ध कोई सूट, अभियोग अथवा कोई अन्य कानूनी कार्यवाही नहीं की जाएगी।

12. नियम बनाने की शक्तियाँ

(1) केंद्र सरकार, सरकारी राजपत्र में अधिसूचना के माध्यम से नियम बना सकती है, जिससे कि इस अधिनियम के अंतर्गत प्रावधानों को कार्यान्वित किया जा सके।

(2) केंद्र सरकार द्वारा इस अधिनियम के अंतर्गत बनाया गया प्रत्येक नियम, उसके बनने के तुरंत बाद संसद् के प्रत्येक सदन के सम्मुख रखा जाएगा, जब वह सत्र में हो, जो कि कुल 30 दिन की अवधि के लिए होगा, जो कि एक अथवा दो उससे अधिक लगातार एक के बाद एक होनेवाले सत्रों में हो सकता है। यदि दोनों सदन इस बात से सहमत होते हैं कि इसमें कोई संशोधन किया जाना चाहिए। दोनों सदन इस बात से सहमत होते हैं कि नियम नहीं बनाने चाहिए तो ऐसी स्थिति में नियम केवल उसी संशोधित रूप में लागू होंगे या लागू ही नहीं होंगे, जो भी मामला हो, इसीलिए हालाँकि ऐसे किसी भी संशोधन अथवा नियम को रद्द करना, उस नियम के अंतर्गत की गई किसी भी वैधता के प्रति बिना किसी पक्षपात के होगा।

13. निरस्त करना तथा बचाना

(1) उपधारा (2) के प्रावधानों के अधीन अयोध्या में एक निश्चित

भूमि अधिग्रहण अधिनियम, 1993 (1993 का अध्यादेश 8), एतत् द्वारा निरस्त किया जाता है।

(2) उक्त अध्यादेश में जो भी निहित था, उसके बावजूद,

(a) गाँव कोट रामचंद्र में स्थित भूखंड संख्या 242 के संबंध में, जो कि अधिकार, हक अथवा हित हैं, जो कि उक्त अध्यादेश की अनुसूची के क्रमांक 1 में निर्दिष्ट किए गए हैं, के बारे में यह माना जाएगा कि वह कभी केंद्र सरकार को हस्तांतरित हुए ही नहीं तथा न ही उसमें निहित हुए;

(b) गाँव कोट रामचंद्र में स्थित भूखंड संख्या 242 के संबंध में जो भी अधिकार, हक अथवा हित हैं, के संबंध में कोई भी अपील अथवा कोई भी कार्यवाही, जो कि किसी भी न्यायालय, न्यायाधिकरण अथवा किसी भी अन्य अधिकरण के सम्मुख अगर लंबित हो, वह कभी भी रद्द नहीं मानी जाएगी तथा इस प्रकार का कोई भी सूट, अपील अथवा कोई भी कार्यवाही (जिसमें इस संबंध में किसी भी न्यायालय द्वारा जारी किया कोई भी आदेश अथवा अंतरिम आदेश सम्मिलित होंगे) को उक्त अध्यादेश से तुरंत पहले की स्थिति के समान ही बहाल माना जाएगा;

(c) उस अध्यादेश के अंतर्गत की गई कोई भी कार्यवाही अथवा किया गया कोई भी कार्य, जो कि उक्त; भूखंड संख्या 242 के संबंध में हो, कभी भी नहीं लिया अथवा किया हुआ माना जाएगा।

(3) इस प्रकर के निरस्तीकरण के बावजूद उक्त अध्यादेश के अंतर्गत किया गया कोई भी कार्य अथवा की गई कोई भी कार्यवाही इस अधिनियम के संगत प्रावधानों के अंतर्गत किया गया अथवा लिया गया माना जाएगा।

अनुसूची
(धारा 2 (a) का अवलोकन करें)
क्षेत्र का विवरण

केंद्र सरकार के क्षेत्र के अधिग्रहण के कदम को न्यायालय में चुनौती दी गई। वर्ष 1994 में माननीय उच्चतम न्यायालय ने उस अधिग्रहण को कायम रखा, जो कि 'अयोध्या में एक निश्चित भूमि अधिग्रहण अधिनियम, 1993' कहा गया था, जबकि इसके साथ ही माननीय उच्चतम न्यायालय ने उसके कुछ प्रावधानों को असंवैधानिक भी करार दिया। उक्त के मुख्य निष्कर्ष नीचे दिए गए हैं—

एम. इस्माइल फारुखी (डीआर) विरुद्ध यूनियन ऑफ इंडिया, (1994) 6 एस.सी.सी. 360

न्यायापीठ : मुख्य न्यायाधीश एम.एन. वैंकटचलैया, न्यायाधीश ए.एम. अहमदी, न्यायाधीश जे.एस. वर्मा, न्यायाधीश जी.एन. रे तथा न्यायाधीश एस.पी. भारूचा।

निर्णय से मुख्य अंश (न्यायालय में अयोध्या के राममंदिर द्वारा विराग गुप्ता)

इसका उल्लेख भी किया जा सकता है कि चाहे अयोध्या को हिंदुओं के लिए एक विशेष महत्त्व का स्थान माना जाता है, क्योंकि इससे एक ऐतिहासिक धारणा जुड़ी है कि भगवान् राम का जन्म यहाँ हुआ था, जिसके कारण यह उनके लिए तीर्थ स्थान के रूप में है। मस्जिद मुस्लिम समुदाय के लिए महत्त्व रखती है। सन् 1528 में मीर बाकी ने यहाँ एक प्राचीन मस्जिद का निर्माण किया था। एक मस्जिद के तौर पर यह मुस्लिम समुदाय के लिए उपासना का धार्मिक स्थल है। इससे यह इंगित होता है कि दोनों समुदायों के लिए इस विवादित स्थल का एक तुलनात्मक महत्त्व है तथा यह भी कि अधिग्रहण का जो भी प्रभाव हुआ है, वह हिंदू समुदाय के लोगों के अधिकार तथा हितों पर भी समान रूप से हुआ है। इस पहलू का उल्लेख केवल तर्क

के संबंध में किया गया है कि केवल धारा 7 का ही नहीं अपितु पूरे का पूरा विधान ही धर्मनिरपेक्ष विरोधी है, जिसको कि हिंदुओं के पक्ष में तथा मुस्लिम समुदाय के विरुद्ध झुकाया गया है।

अधिनियम की धारा 7(2) हालात को जहाँ का तहाँ जमा देती है, जैसे कि वह दिनांक 7 जनवरी, 1993 को थी, जो कि हिंदू भक्तों के लिए पहले की तुलना में लंबे समय तक अस्तित्व में रहने के बावजूद पूजा करने का कम अधिकार देता था। जब तक कि दिनांक 6 दिसंबर, 1992 को विवादित ढाँचे को गिरा नहीं दिया गया। तथा इसके कारण भी हिंदुओं के लिए कोई अधिक अनुकूल परिस्थिति नहीं बन पाई। जिसके माध्यम से हिंदुओं को विवादित स्थल पर दिनांक **6 दिसंबर, 1992** तक जो भी पूजा के अधिकार थे, उससे अधिक अधिकार प्राप्ति हो जाएँ, इसलिए दिनांक 7 जनवरी, 1993 की यथास्थिति को बनाए रखने की प्राप्त हिंदू समुदाय को अतिरिक्त अधिकार न तो प्रदान करती है और न ही उन्हें यह अधिकार प्राप्त ही होते हैं। यहाँ इसे ध्यान में रखना भी उचित है कि मस्जिद को दिनांक 6 दिसंबर, 1992 को गिराने के लिए जिम्मेदार व्यक्ति ऐसे शरारती तत्त्व थे, जिनकी पहचान नहीं की जा सकी तथा उनको पूरे हिंदू समाज के समान नहीं माना गया। विवादित ढाँचे को गिराने के विरुद्ध जो जोरदार प्रतिक्रिया तथा हिंदुओं द्वारा की गई निंदा सामान्य तौर इस तथ्य की वाक्पटु गवाही देती है। इस घटना के बाद आगामी चुनावों में उत्तर प्रदेश में भारतीय जनता पार्टी को जिस प्रकार से जनता द्वारा अस्वीकार किया गया, वह उस घटना की एक और परिस्थिति थी। गैर-सामाजिक तत्त्व, जिन्होंने वह विवादित ढाँचा गिराया था, उनका कोई मजहब, जात अथवा पंथ नहीं था। सिवाय एक आपराधिक चरित्र के तथा ऐसे व्यक्ति के किसी विशिष्ट समुदाय में केवल पैदा होने मात्र से उसके अपराध के कलंक को उस समुदाय से, जिसमें वह पैदा हुआ है, जोड़ा नहीं जा सकता।

इस अधिनियम की धारा 7(2) पर अधिरोपित स्थिरता का एक अन्य प्रभाव यह है कि यह इस बात को सुनिश्चित करता है कि ऐसा कोई भी अवसर नहीं होगा, जब कि हिंदू समुदाय पूजा की सीमा का विस्तार करें, जो कि दिनांक

7 जनवरी, 1993 तक तथा अंतर्काल के भीतर, जब तक कि इस तथ्य के आधार पर अंतिम निर्णय नहीं आ जाता कि दिनांक 6 दिसंबर, 1992 तक यह प्रचलन था कि हिंदू समुदाय के पास पूजा करने का बड़ा अधिकार था। यह कल्पना करना कठिन है कि किस प्रकार धारा 7(2) का गठन हिंदू समुदाय के हक में किया जा सकता है तथा इसीलिए यह धर्मनिरपेक्ष विरोधी है। इसके प्रावधान विवादित स्थल पर मुस्लिम समुदाय के लोगों के पूजा के अधिकार को कम नहीं करते, वास्तव में मुस्लिम समुदाय के द्वारा इस प्रकार का कोई कार्य अथवा पूजा उस स्थान पर नहीं की जा रही थी, कम-से-कम दिसंबर 1949 तक तो नहीं; तथा यह यथास्थिति को बनाए रखता है, जो कि हिंदू समुदाय के पूजा के अधिकार को, जो कि दिनांक 7 जनवरी, 1993 को प्रयोग किया जा रहा था, घटाने के लिए स्थिर करता है; यह जो स्थिर करने की प्रक्रिया धारा 7(2) में अपनाई गई, जिसके अंतर्गत हिंदू समुदाय के विवादित स्थल पर पूजा के अधिकार को दिनांक 7 जनवरी, 1993 को उसके घटे हुए रूप में सीमित कर दिया गया, जो कि दिनांक 6 दिसंबर, 1992 तक जो अधिकार प्रयोग किए जा रहे थे, से कम हैं, एक प्रकार से इस तथ्य को देखते हुए उचित तथा न्यायसंगत प्रतीत होते है गैर-सामाजिक तत्त्व, जिन्होंने मस्जिद गिराई थी, वह संदिग्ध रूप से खुलेआम हिंदू धर्म को मानने वाले लोग थे, इसीलिए हिंदू समुदाय को अपने सीने पर इस चोट को सहन करना होगा, क्योंकि वह असामाजिक तत्त्व संदिग्ध रूप से उनके धर्म को माननेवाले लोग थे।

हम कहेंगे कि यह एक उचित संभावना है, जिसमें पूरे के पूरे विधान तथा मुख्य रूप से धारा 7 को देखा जाना चाहिए। इस प्रकार पूरे-के-पूरे विधान तथा मुख्य रूप से धारा 7 की चुनौतियों की तथ्यात्मक नींव, जो कि धर्मनिरपेक्षता के आधार पर रखी गई है, संविधान की एक बुनियादी विशेषता तथा समानता के अधिकारों तथा धर्म की स्वतंत्रता का कोई आस्तित्व ही नहीं है।

केंद्र सरकार के 7 दिसंबर, 1992 तथा 27 दिसंबर, 1992 के विध्वंस के तुरंत बाद दिए गए बयानों को संदर्भित किया जा सकता है, जिसमें यह कहा गया था कि मस्जिद को दोबारा बनाया जाएगा। यह आग्रह किया गया

था कि जो दिनांक 7 दिसंबर, 1992 को कार्यवाही की गई, जिसके अंतर्गत अध्यादेश पारित किया गया, जिसके बदले में बाद में अधिनियम लाया गया तथा उसके साथ एक ही समय पर इस न्यायालय के सम्मुख संविधान के अनुच्छेद 143(1) के अंतर्गत यह संदर्भ दिया गया, वह हिंदू समुदाय के फायदे के लिए अपने पहले के बयान से पलट गए हैं। यहाँ यह कहना पर्याप्त होगा कि इस प्रकार से दिए गए पहले के बयान संसद् की शक्तियों को सीमित नहीं करते तथा किए गए कृत्य की संवैधानिक वैधता को आँकने की सामग्री नहीं है। विधान की वैधता को निर्धारित करने के लिए उसे संविधान की कसौटी पर, परखना आवश्यक है तथा न कि उससे पहले दिए गए किसी बयान पर, इसीलिए हमें कोई संदेह नहीं है कि धारा 7 दुर्बलता का धर्मनिरपेक्ष विरोधी होने अथवा भेदभावपूर्ण होने का शिकार होकर असंवैधानिक नहीं हुई।

इस मुद्दे पर केंद्र सरकार के निर्णय की सराहना करते हुए हमने माननीय सोलिसिटर जनरल को यूनियन ऑफ इंडिया के लिए इस ओर से एक स्पष्ट कथन करने की अनुमति प्रदान की। भारत के माननीय सोलिसिटर जनरल द्वारा लिखित में दिनांक 14 सितंबर, 1994 को अपने अंतिम कथन किए गए, जो कि अभिलेख का हिस्सा हैं, जो कि इस सुनवाई के लगभग निष्कर्ष के समय दिए गए थे, वे भी इस बात की ओर संकेत नहीं करते कि संदर्भित प्रश्न का उत्तर अपने आप में विवादित स्थल से संबंधित अपील के पक्षों के मध्य विवाद के मूल प्रश्न का निर्णयात्मक उत्तर होगा। कथन के अनुसार, केंद्र सरकार ने यह प्रस्तावित किया कि वह संदर्भित प्रश्न के उत्तर प्राप्त करने के उपरांत प्रतिद्वंद्वी दावेदारों के मध्य एक बातचीत की प्रक्रिया अपनाएगी तथा यदि यह बातचीत की प्रक्रिया विफल हो जाती है तो वह एक ऐसा मार्ग अपनाएगी, जो कि इन परिस्थितियों में उसे उचित लगेगा। इन परिस्थितियों में इसमें कोई संदेह नहीं है कि संविधान के अनुच्छेद 143(1) के अंतर्गत तैयार किया गया विशेष संदर्भ विवाद के समाधान के रूप में एक असरदार विकल्प माना जाए, जिसे लंबित अपील तथा कानूनी कार्यवाही के विकल्प के रूप में लिया जाए, जो कि इस संदर्भ को बनाने की प्रणाली के रूप में होगा। हमारे

मत में अधिनियम की धारा 4 की उपधारा (3) (इंदिरा-नेहरू गांधी विरुद्ध राज नारायण (1975 एस.यू.पी.पी. एस.सी.सी. 1 : (1976) 2 एस.सी.आर. 347 का संदर्भ लें) को अमान्य करने के लिए यह तथ्य अकेले ही पर्याप्त है। तदनुसार हम यह घोषित करते हैं कि धारा 4 की उपधारा (3) असंवैधानिक है, हालाँकि धारा 4 की उपधारा (3) को समाप्त किया जा सकता है तथा इसीलिए इसकी वैधानिकता बाकी के बचे हुए विधान की वैधानिकता को कायम रखने के लिए अवरोधक नहीं है।

उपर्युक्त विचार-विमर्श के फलस्वरूप हमारे निष्कर्ष, जो कि विचार-विमर्श के साथ पढ़े जाने होंगे, निम्न रूप में हैं—

(1) अ. अधिनियम की धारा 4 की उपधारा (3) सभी लंबित अपील तथा कानूनी कार्यवाही को बिना पक्षों के मध्य विवाद के समाधान का वैकल्पिक विवाद-समाधान तंत्र दिए समाप्त करती है। यह किसी भी विवाद को सुलझाने में असमर्थता के चलते कानून के नियमों की अनदेखी करते हुए न्यायिक उपायों का विलोपन है, इसीलिए अधिनियम की धारा 4 की उपधारा (3) असंवैधानिक तथा अमान्य है।

ब. इस अधिनियम के बाकी के बचे हुए प्रावधान हमारे द्वारा उसके संबंध में किए किसी भी गठन की अमान्यता से प्रभावित नहीं होंगे। अधिनियम की धारा 4 की उपधारा (3) बाकी के अधिनियम से अलग किया जा सकता है। तदनुसार बाकी के बचे हुए अधिनियम की संवैधानिक वैधता को, अधिनियम की धारा 4 की उपधारा (3) के अतिरिक्त खारिज किया जाता है।

(2) इस्लाामिक देशों में लागू मुस्लिम कानूनों के अंतर्गत मस्जिद की स्थिति के अनपेक्ष, धर्मनिरपेक्ष भारत में लागू मुस्लिम कानून के अंतर्गत मस्जिद की स्थिति उसी प्रकार होगी, जैसे कि किसी भी अन्य धर्म के पूजा के स्थल की हो तथा उसे अन्य धर्मों के पूजा

के स्थानों के समान ही राज्य द्वारा अपनी संप्रभु अथवा प्रधान शक्तियों के उपयोग द्वारा किए जा सकने वाले अधिग्रहण से कोई अधिक प्रतिरक्षा का लाभ प्राप्त नहीं है।

(3) ऐसे सभी अपील तथा कानूनी कार्यवाही, जो कि विवादित स्थल से संबंधित हैं, जिसके मध्य वह ढाँचा (जिसमें भीतरी तथा बाहरी परिसर के आँगन सम्मिलित हैं) जिसे आमतौर पर राम जन्मभूमि-बाबरी मस्जिद कहा जाता है, स्थित है, उससे संबंधित विवाद के निस्तारण को फिर से जीवित माना जाएगा, जो कि अंतरिम आदेश के साथ-साथ होगा, सिवाय इसके कि अंतरिम आदेश अधिनियम की धारा 7 के अंतर्गत संशोधित होगा।

(4) विवादित स्थल का केंद्र सरकार में वैधानिक प्राप्तकर्त्ता के तौर पर, अधिनियम की धारा 3 के माध्यम से, निहित होना सीमित होगा, जिसमें कि उनका कर्तव्य होगा धारा 7 के अनुसार उसका प्रबंधन तथा प्रशासन, जिसमें अधिनियम की धारा 7 की उपधारा (2) के अंतर्गत वहाँ यथास्थिति को बनाए रखना होगा। केंद्र सरकार का वैधानिक प्राप्तकर्त्ता के तौर पर यह कर्तव्य होगा कि वह विवादित स्थल को अधिनियम की धारा 6 के अनुसार सौंप दे, जो कि उसमें अपील किए गए निर्णय के अनुसार अंतिम निर्णय के कार्यान्वयन के लिए होगा। यह ऐसा उद्देश्य है, जिसके लिए विवादित स्थल को अधिगृहीत किया गया है।

(5) न्यायालय की अपील में आगे कोई भी अंतरिम आदेश देने की शक्ति अधिनियम की धारा 7 की सीमा के बाहर के क्षेत्र तक सीमित होगी तथा उसके द्वारा परिणत होगी।

(6) केंद्र सरकार द्वारा अधिनियम की धारा 3 के अंतर्गत अधिगृहीत, विवादित स्थल के अतिरिक्त, सटा हुआ क्षेत्र जो कि केंद्र सरकार में केंद्र सरकार के अधिनियम के अंतर्गत निहित होगा, उसके प्रबंधन तथा प्रशासन की शक्तियों से पूर्ण होगा, जो कि

अधिनियम की धारा 7 की उपधारा (1) के अनुरूप होगा, जो कि किसी भी अधिकरण अथवा किसी भी अन्य निकाय अथवा किसी भी न्याय के न्यासियों में अधिनियम की धारा 6 के अंतर्गत आगे निहित करने तक होगा। अधिनियम की धारा 6 के अंतर्गत विवादित स्थल के अतिरिक्त, सटे हुए क्षेत्र को आगे निहित करने के लिए निर्दिष्ट समय तथा तरीके से किया जा सकेगा, जो कि उसके अधिग्रहण के उद्देश्य को देखते हुए किया जाएगा।

(7) 'निहित' शब्द का अर्थ धारा 3 तथा धारा 6 में अलग-अलग संदर्भ में समझा जाएगा।

(8) अधिनियम की धारा 8 का उद्‌देश्य उस संपत्ति के स्वामी को राशि के भुगतान के संबंध में होगा, जिसकी संपत्ति पूर्ण रूप से केंद्र सरकार में निहित की जा रही है, जिसका हक विवादित क्षेत्र के समीप होने के कारण विवादित नहीं है, जो कि अकेले ही पुनर्जीवित अपील की विषयवस्तु है।

(9) इस स्तर पर किसी ऐसे अधिगृहीत भाग की चुनौती की जाँच-पड़ताल की जा सकेगी, जो कि स्थल से सटा हुआ भाग हो, जो कि लंबे समय से चले आ रहे विवाद को सुलझाने के उद्‌देश्य की पूर्ति में आवश्यक नहीं हो ऐसा क्षेत्र, जो कि विवाद के निस्तारण के लिए निर्धारित किए गए आवश्यक विवादित क्षेत्र के सटीक भाग से अतिरिक्त पाया जाए तो उसे उसके निर्विवादित स्वामी को वापस सौंप दिया जाए।

(10) निर्विवादित स्वामियों द्वारा चुनौती को अस्वीकार किए जाने से, जो कि कुछ धार्मिक संपत्तियों के अधिग्रहण से संबंधित हो तथा विवादित स्थल के आस-पास हो, इस तौर पर इस स्वतंत्रता के साथ होगा कि वह अपनी चुनौती का, यदि आवश्यक हो तो कभी बाद में उचित समय पर नवीकरण करें, वह भी तब यदि केंद्र सरकार उनकी संपत्ति को विवाद के निस्तारण के लिए

निर्धारित किए गए आवश्यक विवादित क्षेत्र के सटीक भाग के अतिरिक्त अपने पास रखती है।

इसके फलस्वरूप, भारतीय संविधान के अनुच्छेद 143(1) के अंतर्गत भारत के राष्ट्रपति द्वारा दिया गया विशिष्ट संदर्भ संख्या 1 ऑफ 1993 (ईडी : 27 जनवरी, 1993 को वर्तमान न्यायपीठ द्वारा इस संदर्भ में पारित आदेश, (1993) 1 एस.सी.सी. 642 का अवलोकन करें) अधिक तथा अनावश्यक है तथा इसका उत्तर देना आवश्यक नहीं है। इस कारण से हम अत्यंत आदर के साथ इसका उत्तर देने से मना करते हैं तथा इसे लौटाते हैं।

उक्त अधिनियम की संवैधानिक वैधता तथा विशिष्ट संदर्भ की पोषणीयता के संबंध में प्रश्नों पर इन्हीं शर्तों पर निर्णय लिया जाएगा।

□

रामजन्मभूमि पर मानननीय उच्चतम न्यायालय का निर्णय

शुरू-शुरू में कुल 5 कानूनीवाद रामजन्मभूमि के संबंध में निचली अदालत में दायर किए गए थे। पहला वाद गोपाल सिंह विशारद, जो कि रामलला के भक्त हैं, द्वारा 1950 में दायर किया गया था। विशारद की माँग थी कि विवादित स्थल पर हिंदुओं के पूजा के अधिकार को लागू किया जाए। उसी साल परमहंस रामचंद्र दास ने भी एक कानूनी वाद दायर किया, जिसके माध्यम से उन्होंने पूजा को जारी रखने की माँग की तथा यह माँग की कि मूर्तियों को केंद्रीय गुंबद के नीचे, जो ढाँचा ध्वस्त नहीं हुआ है, वहाँ रखी जाएँ, परंतु यह अपील बाद में वापस ले ली गई थी। वर्ष 1959 में, निर्मोही अखाड़े के नाम से एक हिंदू समूह निचली अदालत में गया। उन्होंने 2.77 एकड़ की विवादित भूमि पर प्रबंधन के अधिकारों की माँग की। वर्ष 1989 में देवता, 'रामलला विराजमान' ने एक कानूनी वाद डाला, जिसके अंतर्गत उन्होंने यह चाहा कि सखा तथा पूर्व इलाहाबाद उच्च न्यायालय के न्यायाधीश देवकीनंदन अग्रवाल के माध्यम से संपूर्ण विवादित संपत्ति पर हक के अधिकारों की माँग की। यह सभी कानूनी वाद, 6 दिसंबर, 1992 गें बाबरी मस्जिद के ढाँचे के विध्वंस के बाद, निर्णय के लिए इलाहाबाद उच्च न्यायालय में हस्तांतरित कर दिए गए।

इलाहाबाद उच्च न्यायालय ने रामजन्मभूमि मामले में अपना निर्णय 30 सितंबर, 2010 को पारित किया। इस फैसले के अंतर्गत यह कहा गया कि

अयोध्या की 2.77 एकड़ भूमि, जहाँ दोनों हिंदुओं तथा मुसलमानों ने अपना दावा पेश किया है तथा इसीलिए वह विवादित स्थल बन गया, को तीनों पक्षों, सुन्नी वक्फ बोर्ड, निर्मोही अखाड़ा तथा रामलला में बराबर-बराबर बाँट दिया जाए।

इस निर्णय के विरुद्ध माननीय उच्चतम न्यायालय में 14 अपीलें दायर की गईं। वर्ष 2011 के बाद से यह मामला माननीय उच्चतम न्यायालय में बिना किसी अंतिम निर्णय के भारत के निम्न मुख्य न्यायाधीशों के कार्यकाल के दौरान यह लंबित था—

1. माननीय न्यायाधीश श्री एस.एच. कपाड़िया, 2. माननीय न्यायाधीश श्री अलतमस कबीर, 3. माननीय न्यायाधीश श्री पी. सतासीवम, 4. माननीय न्यायाधीश श्री आर.एम. लोढ़ा, 5. माननीय न्यायाधीश श्री एच.एल. दत्तू, 6. माननीय न्यायाधीश श्री टी.एस. ठाकुर, 7. माननीय न्यायाधीश श्री जे.एस. खेहर, 8. माननीय न्यायाधीश श्री दीपक मिश्रा।

पाँच न्यायाधीशों की एक न्यायपीठ, जिसकी अध्यक्षता भारत के मुख्य न्यायाधीश माननीय न्यायाधीश श्री रंजन गोगोई कर रहे थे, ने दिनांक 9 नवंबर, 2019 को यह बहुप्रतीक्षित निर्णय सुनाया। इस न्यायपीठ के बाकी के चार अन्य न्यायाधीश थे, माननीय न्यायाधीश एस.ए. बोबड़े, अशोक भूषण, डी.वाई. चंद्रचूड़ तथा एस. अब्दुल नजीर।

उपर्युक्त निर्णय के उपरांत 18 निगरानी याचिकाएँ माननीय उच्चतम न्यायालय के सम्मुख दायर की गईं। जिसमें अयोध्या भूमि के विवाद के मामले की और समीक्षा करने की माँग की गई। पाँच न्यायाधीशों की एक न्यायपीठ ने इन सभी याचिकाओं को दिनांक 12 दिसंबर, 2019 को अस्वीकार कर दिया।

इन सभी याचिकाओं पर एक पाँच न्यायाधीशों की न्यायपीठ, जिसकी अध्यक्षता मुख्य न्यायाधीश एस.ए. बोबड़े कर रहे थे, द्वारा इन-चैंबर कार्यवाही की गई थी। इस न्यायपीठ में न्यायाधीश डी.वाई. चंद्रचूड़, अशोक भूषण, एस. अब्दुल नजीर तथा संजीव खन्ना शामिल थे।

न्यायाधीश संजीव खन्ना उस पाँच सदस्यीय न्यायपीठ का हिस्सा नहीं

थे, जिसने वह पूर्व निर्णय दिया था। उन्होंने उस समय के भारत के मुख्य न्यायाधीश रंजन गोगोई का स्थान लिया था, जो कि दिनांक 17 नवंबर, 2019 को सेवनिवृत्त हो गए थे।

दिनांक 9 नवंबर, 2019 को पारित हुए अयोध्या मामले के फैसले की मुख्य प्रमुखताएँ निम्न प्रकार से हैं—

- विवादित भूमि का कब्जा देवता रामलला को सौंपा जाए, जो कि इस मामले में तीन में से एक विवादी हैं।
- सुन्नी वक्फ बोर्ड को 5 एकड़ की एक वैकल्पिक भूमि दी जाए, जिसपर वह एक नई मस्जिद का निर्माण करें।
- केंद्र सरकार को तीन माह के भीतर, मंदिर निर्माण के लिए, एक योजना का ढाँचा तैयार करना होगा तथा एक ट्रस्ट की स्थापना करनी होगी।

निम्न कुछ अन्य मुख्य बातें हैं, जो कि रामजन्मभूमि मामले में माननीय उच्चतम न्यायालय द्वारा घोषित निर्णय से ली गई हैं—

- न्यायपीठ ने एक सर्व-सम्मत निर्णय घोषित किया।
- निर्णय के साथ एक परिशिष्ट भी संलग्न है, जो कि पृष्ठ संख्या 930 से 1045 तक है, जिसमें माननीय न्यायाधीशों में से एक न्यायाधीश के तर्क को शामिल किया गया है, क्या हिंदू भक्तों की आस्था तथा मान्यता के अनुसार विवादित ढाँचा भगवान् राम की जन्मभूमि है। तर्क का यह संग्रह हिंदुओं के पक्ष में अधिक है।
- घोषणा के प्रारंभ में ही माननीय न्यायालय ने शिया वक्फ बोर्ड द्वारा दायर की गई एस.एल.पी. को अस्पष्ट अत्यधिक देरी के कारण रद्द कर दिया था।
- न्यायालय का कहना था कि "केंद्र सरकार को इस फैसले के पारित होने की तिथि के तीन माह के अंदर एक योजना बनानी होगी, जो कि उसमें, अयोध्या में एक निश्चित भूमि अधिग्रहण अधिनियम, 1993 की धारा 6 तथा 7 के अंतर्गत, निहित शक्तियों

के अनुसार होगी। यह योजना, इस धारा के अंतर्गत न्यासियों के एक बोर्ड के साथ एक ट्रस्ट की अथवा किसी अन्य उचित निकाय की परिकल्पना कर उसे स्थापित करेगा। केंद्र सरकार द्वारा बनाई जानेवाली इस योजना के माध्यम से ट्रस्ट अथवा निकाय की कार्यपद्धति के संबंध में आवश्यक प्रावधान बनाए जाएँगे। जिसमें सम्मिलित होंगे ट्रस्ट के प्रबंधन से संबंधित सभी मामले, न्यासियों की शक्तियाँ, जिसमें मंदिर का निर्माण तथा अन्य सभी आवश्यक आकस्मिक तथा परिशिष्ट मामले सम्मिलित होंगे;

"भीतरी तथा बाहरी आँगन का कब्जा ट्रस्ट के न्यासियों के बोर्ड को अथवा उस संबंध में स्थापित निकाय को सौंपा जाएगा। केंद्र सरकार के पास यह स्वतंत्रता होगी कि वह बाकी की अधिगृहीत भूमि के संबंध में उचित प्रावधान बनाए, जो कि वह उसे उपर्युक्त दिशा-निर्देशों के अनुसार प्रबंधन तथा विकास के लिए बनाई जानेवाली योजना के लिए उस भूमि को ट्रस्ट के न्यासियों के बोर्ड को अथवा उस संबंध में स्थापित निकाय को सौंप दे; तथा

"विवादित संपत्ति का कब्जा केंद्र सरकार के अंतर्गत तब तक वैधानिक प्राप्तकर्त्ता में ही निहित रहेगा, जब तक कि अयोध्या अधिनियम 1993 की धारा 6 के अंतर्गत उसके अधिकार क्षेत्र को, एक अध्यादेश के माध्यम से ट्रस्ट अथवा किसी अन्य निकाय में निहित नहीं कर दिया जाता।

"इसके साथ-साथ विवादित संपत्ति को ट्रस्ट अथवा किसी निकाय को सौंपने के साथ-साथ एक 5 एकड़ map की उपयुक्त भूमि सुन्नी वक्फ बोर्ड को सौंपी जानी होगी।

भूमि निम्न में से किसी के द्वारा सौंपी जाएगी;

(a) केंद्र सरकार द्वारा उस भूमि में से, जो उसने अयोध्या अधिनियम 1993 के अंतर्गत अधिगृहीत की है; अथवा

(b) राज्य सरकार द्वारा अयोध्या में किसी उपयुक्त प्रमुख स्थान पर।

"केंद्र सरकार तथा राज्य सरकार एक-दूसरे से परामर्श करके दी गई समय-सीमा में उपर्युक्त आवंटन को प्रभावी करने का कार्य करेगी।

"केंद्रीय सुन्नी वक्फ बोर्ड को भूमि के आवंटन पर इस बात की स्वतंत्रता होगी कि वह उनको आवंटित भूमि, जो कि अन्य संबद्ध सुविधाओं के साथ उनको आवंटित की गई है, उस पर मस्जिद के निर्माण के लिए सभी आवश्यक कदम उठाएँ। सुन्नी केंद्रीय वक्फ बोर्ड को भूमि आवंटन के लिए दिशा-निर्देश, इस न्यायालय में निहित शक्तियों के अनुसरण में संविधान की धारा 142 के अंतर्गत जारी किए गए हैं।"

न्यायालय ने इसके आगे यह भी जोड़ा कि "संविधान की धारा 142 के अंतर्गत इस न्यायालय में जो भी शक्तियाँ निहित की गई हैं, हम निर्देशित करते हैं कि केंद्र सरकार द्वारा जो योजना बनाई जानी है, उसमें निर्मोही अखाड़े को इस प्रकार से, जैसा कि केंद्र सरकार सही समझे, ट्रस्ट अथवा निकाय में उचित प्रतिनिधित्व दिया जाए।

"सारांश में विवादित भूमि/वह क्षेत्र जो कि मस्जिद के अंतर्गत आता है, उसे अपील संख्या 5 के वादी संख्या 1 को दिया गया है। भीतरी तथा बाहरी आँगन का कब्जा अयोध्या अधिनियम 1993 की धारा 6 तथा 7 के अंतर्गत बनाई गई योजना के अंतर्गत न्यासियों के बोर्ड को सौंपा जाएगा। इस प्रकार से योजना के अंतर्गत बनाए गए ट्रस्ट में निर्मोही अखाड़े से उचित प्रतिनिधित्व होना चाहिए, जैसा कि केंद्र सरकार द्वारा सही समझा जाए।

"जब विवादित संपत्ति ट्रस्ट को सौंपी जाए तो उसके साथ-साथ, एक 5 एकड़ की उपयुक्त भूमि सुन्नी वक्फ बोर्ड को भी सौंपी जानी चाहिए। यह 5 एकड़ भूमि या तो उस भूमि में से दी जानी होगी, जिसको कि 1993 के अधिनियम के अंतर्गत अधिगृहीत किया गया था अथवा यह राज्य सरकार द्वारा अयोध्या में किसी प्रमुख स्थान पर दी जानी होगी। यह निर्देश संविधान के अनुच्छेद 142 के अंतर्गत जारी किए गए हैं।"

मुद्दावर तर्क

भाग-सी : निर्णय का यह भाग साक्ष्य के संस्करणों से संबंधित है तथा अंततः मुस्लिमों की ओर से निश्चित विवाद तथा स्वीकृति की ओर ध्यान देता है कि भगवान् राम का जन्म अयोध्या में हुआ था।

“**भाग 45**'''दूसरे शब्दों में, इस न्यायालय के सम्मुख हिंदुओं की आस्था तथा विश्वास, जिसमें यह बताया गया है कि भगवान् राम का जन्म अयोध्या में हुआ था, को लेकर कोई विवाद नहीं है, जैसा कि वाल्मीकि कि रामायण में बताया गया है। जिस बात पर विवाद है, वह है कि जो स्थान बाबरी मस्जिद के केंद्रीय गुंबद के नीचे है, क्या यह वही स्थान है, जहाँ भगवान् राम का जन्म हुआ था। मुस्लिम पक्षों ने स्पष्ट रूप से बाबरी मस्जिद के स्थल पर रामजन्मभूमि मंदिर के अस्तित्व को नकारा है। इस पृष्ठभूमि के साथ यह अत्यंत आवश्यक हो जाता है कि अभिलेख पर आए दस्तावेजी साक्ष्य के मुख्य पहलुओं पर ध्यान दिया जाए।”

भाग-एफ : जो निर्णय की पृष्ठ संख्या 82 से 84 पर है, ऐसे बिंदुओं को सूचीबद्ध करती है, जिससे वर्तमान अपीलों के संग्रह को निर्धारित किया जाना होगा।

भाग-जी : निर्णय के उस भाग स्थल से लिए गए तीन शिलालेखों की प्रामाणिकता तथा महत्त्व से संबंधित है, जिससे निर्माण के समय तथा उन व्यक्ति के बारे में निश्चित किया जा सके, जिसने उस निर्माण को किया है।

न्यायालय ने पैरा 68 में यह निष्कर्ष दिया है कि “'''मस्जिद के निर्माण की सटीक तिथि एक ऐसा विषय है, जिसकी अपील 4 तथा 5 की दलीलों के संबंध में तथा हिंदू तथा मुस्लिम पक्षों की स्थिति, जो कि उन्होंने इस न्यायालय के सम्मुख इस मामले को लड़ने के लिए अपनाई है, इस विवाद के परिणाम पर कोई व्यावहारिक प्रासंगिकता नहीं है।

भाग-एच : न्यायालय ने अपने निर्णय में पृष्ठ संख्या 114 से 115 में इस्लामिक कानून में मस्जिद की न्यायायिक समीक्षा तथा विशेषताओं के बारे में अपना तर्क दिया है तथा हिंदू पक्षों द्वारा उठाए विवाद को निरस्त किया है।

“**पैरा 77**'''इस न्यायालय के लिए यह अनुचित होगा कि वह धर्मशास्त्र के क्षेत्र में घुसे तथा हदीस के व्याख्याकार की भूमिका अपनाएँ। सच्ची परीक्षा यह है कि वे लोग जो विश्वास करते हैं तथा पूजा करते हैं, पूजा के स्थान के धार्मिक प्रभाव पर विश्वास रखते हैं अथवा नहीं। एक उपासक, जो एक स्थान

पर नमाज पढ़ता है, जो कि उपासक के लिए एक मस्जिद है कि आस्था तथा विश्वास को चुनौती नहीं दी जा सकती। यह इस न्यायालय के लिए बेहूदा होगा कि वह इस आधार पर इस पर प्रश्न उठाए कि एक सच्चा मुसलमान ऐसे स्थान पर नमाज नहीं पढ़ेगा, जो कि श्री मिश्रा द्वारा चुनिंदा रूप से बढ़ाई गई सिद्धांत की चरम व्याख्या पर खरा न उतरे। यह न्यायालय एक धर्मनिरपेक्ष संस्था होने के नाते एक संवैधानिक व्यवस्था के अंतर्गत स्थापित किया गया है, इसे अनेक में से धर्मनिरपेक्ष सिद्धांत की किसी भी एक संभव व्याख्या को चुनने से बचना होगा तथा एक उपासक के विश्वास और आस्था के सुरक्षित मार्ग को स्वीकारना होगा।

"इस सबके ऊपर धर्म का पालन, जिसमें इस्लाम कोई अपवाद नहीं है, संस्कृति और सामाजिक संदर्भ के अनुसार बदलता रहता है। यह हमारे बहुवचनीय समाज की एक बहुत बड़ी शक्ति है।

"सामाजिक आत्मसात् एक महत्त्वपूर्ण कारक है, जो इस बात को आकार देता है कि किस प्रकार से धर्म का पालन किया जाए। धार्मिक मान्यताओं की बहुल विविधता में, जैसे कि उनको भारत में माना जाता है, सामाजिक आत्मसात् को धार्मिक सिद्धांतों के विध्वंसक रूप के तौर पर बनाया नहीं जा सकता। इसके विपरीत, यह प्रक्रिया देश के वास्तविक चरित्र को मजबूत बनाती है तथा उसे सुदृढ़ करती है, जो देश अपनी एकता को धार्मिक आस्थाओं तथा विचारों से समायोजित करने में, उसे सहन करने में तथा उसका आदर करने में सक्षम रहा है।

"...भगवान् राम के भक्तों के लिए भगवान् श्री राम विराजमान स्वयं भगवान् राम का मूर्त रूप है तथा रामजन्मभूमि में निवास करनेवाले देवता के समान हैं। हिंदू भक्तों की आस्था तथा विश्वास उनकी अंतरात्मा के लिए उनका निजी विषय है तथा यह इस न्यायालय के लिए नहीं है कि वह उनकी आस्था की ताकत की छानबीन करे अथवा प्रथम दृष्टया जाँच के परे जाकर उनके विश्वास की तार्किकता की छानबीन करे कि क्या इस प्रकार के विश्वास सद्भाव के साथ अपनाए गए हैं।

"मौखिक तथा दस्तावेजी साक्ष्य यह दिखाते हैं कि भगवान् राम के हिंदू भक्त अपनी धार्मिक योग्यता में वास्तविक लंबे समय से चला आ रहा गहरा विश्वास रखते हैं, जो कि उन्होंने उस स्थान, जिसे वह भगवान् राम का जन्मस्थान मानते हैं पर उनको समर्पित अपनी पूजा से प्राप्त किया है। विवादित स्थल पर एक लंबे समय से भगवान् राम की पूजा को देखने के लिए साक्ष्य दिए गए हैं। अठारहवीं शताब्दी में जोसेफ टिफएनथलेर ने अपनी यात्रा में तथा उन्नीसवीं शताब्दी की शुरुआत में रॉबर्ट मोंटगोमेरी मार्टिन ने विवादित स्थल पर हिंदू पूजा के प्रचालन के बारे में लिखा है।

उन्होंने कुछ विशेष अवसरों का भी संदर्भ दिया है, जैसे रामनवमी, जिस दौरान दूर-दूर से हिंदू भक्त जन्मस्थान पर भगवान् राम को पूजा अर्पण करने की इच्छा से एकत्र होते हैं। हिंदू भक्तों की निरंतर आस्था तथा विश्वास, निर्मोहियों, भक्तजनों जैसे निहंग सिख की गतिविधियों से तथा अनेक वर्षों से हिंदू भक्तों का वहाँ पर अंतहीन प्रवाह, जो कि विवादित स्थल पर आते हैं, से इस बात का प्रमाण मिलता है कि तीन गुंबद ढाँचे के नीचे जन्मस्थान का अस्तित्व है। यह विवादित स्थल की पवित्रता पर लंबे समय से चले आ रहे विश्वास का प्रमाण है कि वह विवादित स्थल हिंदू धर्म को माननेवालों के लिए पूजा का स्थान है।

"वर्तमान कारणों के लिए, यह ध्यान देने के लिए पर्याप्त है कि विवादित स्थल पर हिंदुओं के विश्वास के तथ्य की पवित्रता साक्ष्यों के माध्यम से स्थापित हो गई है।"

"हिंदू राम चबूतरे पर, जो कि बाहरी आँगन में स्थित है, लगातार पूजा करते रहे; इसमें कोई संदेह नहीं है कि यह उनके विश्वास के महत्त्व को आगे बढ़ाते हुए था कि भगवान् राम का जन्मस्थान मस्जिद के दायरे के भीतर तथा केंद्रीय गुंबद के नीचे था।

"वर्ष 1856 से पहले मुस्लिम लोगों द्वारा वहाँ उपासना करने का विवरण हिंदुओं के पूजा करने के विवरण के मुकाबले स्पष्ट रूप से मूक

है; हालाँकि मुस्लिमों ने भीतरी आँगन में अपने दावे को नहीं छोड़ा, फिर भी जैसा कि प्रमाणों से पता चलता है कि यह मुकाबले तथा विवाद का मुद्दा है (पैरा 787)।"

पृष्ठ 598 पर पुरातत्त्व की विवरण चर्चा

ए.एस.आई. की आख्या में एक पूर्व में स्थित ढाँचे के अस्तित्व के बारे में पता चला है। स्थल पर निर्माता संबंधित जो टुकड़े पाए गए हैं तथा ढाँचे की प्रकृति को देखते हुए उसके आधार पर निष्कर्ष निकलते हुए विवरण में यह कहा गया है कि वह हिंदू धर्म के उद्भव से संबंधित है (पैरा 511), फिर अंत में न्यायालय ने कहा कि "हिंदुओं ने राम चबूतरा तथा अन्य धार्मिक महत्त्व की वस्तुओं की लंबे समय से चली आ रही लगातार तथा बेरोक-टोक पूजा के बल से बाहरी आँगन के सर्वग्रहणाधिकार को एक स्पष्ट मामले द्वारा स्थापित किया है।

"हिंदुओं तथा मुस्लिमों ने भीतरी आँगन में तीन-गुंबद ढाँचे के अंदर उपासना करने के दावे को लड़ा है। हिंदुओं के इस अभिकथन कि उनको अंदर पूजा करने का अधिकार है, को मुस्लिमों ने विवाद में लड़ा है।"

माननीय उच्च न्यायालय द्वारा राहत को साँचे में ढालने का कार्य

"**पैरा 789 से 794 तक** (पृष्ठ संख्या 915 से आरंभ) न्यायालय के निर्णय में यह कहा गया कि माननीय उच्च न्यायालय ने भूमि को तीन भागों में विभाजित करने का जो दृष्टिकोण अपनाया था, वह त्रुटिपूर्ण था। जब अपील विभाजन का था ही नहीं तथा अपील को परिसीमा में बाँधने से, जो तीन भागों में भूमि को विभाजित कर राहत दी गई वह धारणीय नहीं मानी गई।

"**पैरा 791 :** माननीय उच्च न्यायालय की न्यायिक निर्णय सत्यता के आकलन में, यह ध्यान देना होगा कि शुरू में माननीय उच्च न्यायालय को विभाजन के अपील पर रोक लगाने को नहीं कहा गया था। विभाजन के अपील पर, यह एक घिसा-पिटा कानून है कि प्रत्येक पक्ष दोनों वादी तथा प्रतिवादी हैं।

"माननीय उच्च न्यायालय को यह फैसला करने के लिए आह्वान किया गया था कि वह विशेष रूप से घोषणात्मक अपील अपील 4 तथा 5 में शीर्षक का सवाल तय करें।

"उसने ऐसे मामले में राहत दी, जो कि उस अपील की प्रार्थना की विषय-वस्तु ही नहीं थी। इस प्रक्रिया को करने में, वह विभाजन के अपील में दीवानी न्यायालय के क्षेत्राधिकार के साथ आगे बढ़ा, जबकि उसके सम्मुख जो अपील थे, वह दीवानी का नहीं था।

"**अनुच्छेद 792 :** ...यह प्रावधान न्यायालय को कोई भी दीवानी सुनवाई शुरू करने के लिए कोई हक नहीं देता है, जिसके अंतर्गत वह वस्तुत: अपील की बनावट को पुनर्गठित करे, जो कि माननीय उच्च न्यायालय द्वारा किया गया। माननीय उच्च न्यायालय के सामने जो दलीलें आई थीं, उनमें ऐसा कोई आधार नहीं था तथा न ही निश्चित रूप से राहत में कोई वारंट था, जिनके अंतर्गत यह दावा किया जाता कि भूमि को इस प्रकार से विभाजित किया जाए, जैसा कि कोई भी न्यायालय विभाजन की अपील करता है।

"**अनुच्छेद 794 :** माननीय उच्च न्यायालय के इस संपूर्ण दृष्टिकोण, जिसके अंतर्गत उसने विवादित भूमि को तीन भागों में बाँटा, में एक अन्य गंभीर त्रुटि है। इस निष्कर्ष पर पहुँचने पर कि अपील 3 (जो कि निर्मोही अखाड़े द्वारा दायर किया गया था) तथा अपील 4 (जो कि सुन्नी केंद्रीय वक्फ बोर्ड द्वारा दायर किया गया था) परिसीमा से बँधे हुए थे, माननीय उच्च न्यायालय ने अपील 5 में अपील 3 तथा अपील 4 के वादियों को राहत दे दी। यह तर्क की अवहेलना करता है तथा कानून के स्थायी सिद्धांतों के विरुद्ध है। इसके अतिरिक्त, निर्मोही अखाड़े द्वारा किया गया दावा एक शिबेत के रूप में था, जिसके अंतर्गत प्रबंधन तथा प्रभार की न्यायिक निर्णय की माँग करता था। अपने आप वाद में, निर्मोही अखाड़े को भूमि का स्वतंत्र भाग नहीं मिल सकता था।

"**अनुच्छेद 797 :** दूसरे आँगन के संबंध में न्यायालय ने यह कहा कि इस बात के स्पष्ट प्रमाण हैं कि हिंदू बिना किसी बाधा के बाहरी आँगन में पूजा करते

आए हैं तथा इस संबंध में कब्जे को पूर्ण रूप से स्थापित किया जा चुका है।

"**अनुच्छेद 798** : भीतरी आँगन का, जहाँ तक संबंध है, वहाँ हिंदुओं द्वारा पूजा किया जाना वर्ष 1857 के ब्रिटिश द्वारा कब्जा किए जाने के पूर्व से, मुसलमानों के विरुद्ध संभावनाओं के पूर्व निर्धारण पर प्रमाणों का संतुलन करने से, सिद्ध हो जाता है। यहाँ मुसलमानों ने ऐसा कोई प्रमाण नहीं दिया है, जिससे यह साबित हो कि ब्रिटिश द्वारा वर्ष 1857 में कब्जे से पूर्व से उनके पास भीतरी ढाँचे का, उसके वर्ष 1528 में बनने के बाद से, एकमात्र कब्जा था। वर्ष 1857 के बाद ऐसे प्रमाण हैं कि उसके भीतरी अहाते में नमाज अदा की जाती रही है तथा आखिरी शुक्रवार, यानी 16 दिसंबर, 1949 को भी वहाँ नमाज अदा की गई थी।

"**अनुच्छेद 799** : माननीय उच्च न्यायालय द्वारा तीन भागों में विभाजन गलत था तथा इससे पक्षों के हितों की अथवा लंबे समय तक शांति तथा शांतचित्त माहौल बनाए रखने में कोई सहायता नहीं होगी।

"**अनुच्छेद 800** : प्रथम वादी (रामलला विराजमान) को न्याय से संबंधित व्यक्ति तथा वादमित्र माना गया है, जिनके पास यह अधिकार है कि वह स्वयं का प्रतिनिधित्व करें। मुसलमानों को वैकल्पिक भूमि आवंटन करना इसीलिए आवश्यक था, क्योंकि जो प्रमाण हिंदुओं के विवादित संपत्ति के पूरी रचना कब्जे के संबंध में दावे के प्रस्तुत हुए हैं, वह मुसलमानों द्वारा प्रस्तुत प्रमाणों के मुकाबले मजबूत हैं, क्योंकि मुसलमानों को पहले 22/23 दिसंबर, 1949 में बेदखल किया गया था, जिसको कि अंतिम रूप से 6 दिसंबर, 1992 को समाप्त कर दिया गया था। न्यायालय ने अनुच्छेद 142 के अंतर्गत इन्हीं शक्तियों का प्रयोग करते हुए मुसलमानों के विरुद्ध हुए इस गलत को सही किया है।

अनुलग्नक

अनुलग्नक-1

स्वतंत्रता के उपरांत के कानूनी मुद्दों का कालक्रम

1949	दिनांक 22 दिसंबर, 1949 की रात को इमारत के केंद्रीय गुंबद के नीचे प्राण-प्रतिष्ठा के उपरांत भगवान् श्रीराम की मूर्ति की स्थापना की गई थी।
23.12.1949	उसके उपरांत एक प्राथमिकी दायर की गई थी कि कुछ लोगों ने अतिचार कर भीतरी आँगन में भगवान् राम की मूर्ति रख दी है।
29.12.1949	दिनांक 29 दिसंबर, 1949 को सिविल मजिस्ट्रेट ने दंड प्रक्रिया संहिता की धारा 145 के अंतर्गत एक आदेश पारित कर हिंदुओं तथा मुसलमानों का आह्वान किया। उन्होंने पूरे परिसर को जब्त करने के भी आदेश दिए, क्योंकि यह एक आपातकालीन स्थिति थी तथा जब्त की गई संपत्ति को श्री प्रिय दत्त राम के प्रभाव में देने के निर्देश दिए।
5.1.1950	प्राप्तकर्ता ने दिनांक 5 जनवरी, 1950 को परिसर का प्रभार ले लिया तथा फेहरिस्त तैयार की गई। सभी चल संपत्तियों को जब्त कर लिया गया।
16.1.1950	दिनांक 16 जनवरी, 1950 को एक दीवानी वाद संख्या 1, जो कि पहला वाद था, दायर किया गया, जो कि

सिविल जज, फैजाबाद के न्यायालय में गोपाल सिंह विशारद द्वारा घोषणा तथा निषेध आज्ञा के लिए दायर किया गया था तथा इसके साथ ही 039 आर 2 तथा दंड प्रक्रिया संहिता की धारा 151 के अंतर्गत एक आवेदन भी दायर किया गया था तथा उसी दिन एक अंतरिम निषेधाज्ञा, जैसे कि प्रार्थना की गई थी, प्रदान की गई।

19.1.1950 वर्ष 1950 के अपील संख्या 1 में समन भेजने के उपरांत सभी पक्ष पेश हुए थे तथा न्यायालय ने 16 जनवरी, 1950 को जारी की निषेधाज्ञा को निम्न प्रकार से संशोधित किया—

"विरोधी पक्षों को एतद द्वारा अस्थायी निषेधाज्ञा के माध्यम से प्रतिरोधित किया जाता है, जिसके अंतर्गत वह प्रश्नगत मूर्ति को विवादित स्थल से हटा नहीं सकते तथा पूजा आदि में हस्तक्षेप नहीं कर सकते, जो कि वर्तमान में की जा रही है।"

अयोध्या में रहनेवाले मुसलमानों द्वारा मजिस्ट्रेट के सम्मुख दंड प्रक्रिया संहिता की धारा 145 के अंतर्गत प्रतिज्ञा-पत्र दायर किए गए। जिसमें उन्होंने यह स्वीकार किया कि वर्ष 1934 से मुसलमानों ने विवादित इमारत में नमाज नहीं अदा की है तथा यह कि वह स्थान लगातार हिंदुओं के कब्जे में चला आ रहा है तथा उनको इस बात से भी कोई एतराज नहीं है, यदि विवादित इमारत हिंदुओं को सौंप दी जाए।

05.12.1950 परमहंस रामचंद्र दास ने वर्ष 1950 की अपील संख्या 25 (जिसे बाद में वर्ष 1989 का ओ.ओ.एस. 2 का नाम दिया गया था) दायर किया, जिसके अंतर्गत उन्होंने

जन्मभूमि स्थान पर प्रतिवादियों द्वारा भगवान् राम की पूजा में अड़चन डालने से रोकने के लिए निषेधाज्ञा माँगी तथा यह भी चाहा कि उस दिन वहाँ रखी मूर्तियों को भी न तो छेड़ा जाए और न ही वहाँ से हटाया जाए।

01.02.1951 सिविल जज, फैजाबाद के आदेशानुसार, 1950 के अपील संख्या 25 को 1950 की अपील संख्या 1 के साथ समेकित कर दिया गया।

03.03.1951 इकतरफा निषेधाज्ञा, जो दिनांक 16 जनवरी, 1950 (संशोधित दिनांक 19 जनवरी, 1950) को अपील संख्या 1 में पारित की गई थी, पर लगाई आपत्तियों पर विचार किया गया तथा अंतरिम निषेधाज्ञा निश्चित की गई।

26.04.1955 विशेषाधिकारों वाली अपील, जो कि निषेधाज्ञा के विरुद्ध दायर की गई थी, को भी माननीय उच्च न्यायालय द्वारा निरस्त कर दिया गया।

17.12.1959 निर्मोही अखाड़े ने वर्ष 1959 में मूल अपील संख्या 26 (1989 का ओ.ओ.एस. 3) (अपील 3) दायर किया, जिसके माध्यम से उन्होंने जन्मभूमि मंदिर के प्रबंधन तथा प्रभार से हटाने तथा उसके वितरण की माँग की। *सत्रह नंबर मुद्दा प्राथमिक प्रारंभिक मुद्दे के तौर पर लिया गया।*

18.12.1961 सूट नंबर 4, केंद्रीय वक्फ बोर्ड 1961 का आर.एस. संख्या 120 के अंतर्गत सुन्नी अपीलों की सुनवाई को ध्यान में रखते हुए नियम 8 भी इसी के साथ परित किया गया।

06.01.1964 सूट अपील संख्या 1, 2, 3 और 4 में सभी पक्षों की ओर से संयुक्त आवेदनों की सुनवाई, तथा सभी अपीलों

के एकीकरण के लिए अनुरोध किया गया। और इसे सभी पक्षों की सहमति देने के लिए अनुमति दी गई तथा अपील 4 सुन्नी सेंट्रल वक्फ बोर्ड वी. गोपाल सिंह ने प्रमुख मामलों पर विशेष आदेश जारी किए।

17.07.1965 उत्तर प्रदेश मुस्लिम वक्फ अधिनियम 1936 की धारा 5 (1) के दौरान संपति के संबंध तथा इसके अतिरिक्त मुद्दों को तैयार किया गया स्पष्ट रूप से कहा गया कि यदि ऐसा होता है तो इसका प्रभाव आगामी अपीलों की सुनवाई पर भी पड़ता।

21.04.1966 निर्णय दिनांकित 21 अप्रैल, 1966 के माध्यम से सिविल जज ने उसे अभियोगियों (अपील 4) के विरुद्ध तथा उस मामले के बचाव पक्ष में तय किया। यहाँ यह देखा गया कि—

"…दिनांक 26 फरवरी, 1944 की कथित अधिसूचना, जो कि 1936 के अधिनियम की धारा 5 के अंतर्गत छपी गई थी, के अध्ययन के उपरांत न्यायालय ने यह पाया कि मद संख्या 26 पर जहाँ कि वाकिफ बादशाह बाबर के तथाकथित वक्फ का जिक्र किया गया था, अपने अंतिम कॉलम में खाली था तथा इसके पहल स्वरूप इससे इस बात का पता नहीं चलता कि किस संपत्ति पर वक्फ को बनाया गया था। इस निर्णय में कहा गया कि वह कथित सरकारी अधिसूचना, जो कि मद संख्या 26 पर थी, वह व्यर्थ थी…"

जनवरी 1986 जनवरी 1986 में मुंसिफ सदर, फैजाबाद दस सम्मुख एक श्री उमेशचंद्र पांडे, जो कि अपील संख्या 1 में वकील थे, द्वारा एक आवेदन दायर किया गया था। जिसमें यह कहा गया था कि अधिकारी अबाधित पूजा

की अनुमति नहीं देकर निषेधाज्ञा आज्ञा का उल्लंघन कर रहे हैं।

25.1.1986 श्री उमेशचंद्र पांडे वकील द्वारा एक अन्य आवेदन दायर किया गया, जिसके अंतर्गत उन्होंने ऐसे निर्देश पारित करने की माँग की, जो कि अंतर्गत प्रतिवादी संख्या 6 से 9 (अपील संख्या 1) परिसर को ताला लगाकर दर्शन, पूजा आदि में कोई अड़चन न डाल सकें।

माननीय मुंसिफ ने मामले को यह देखते हुए स्थगित कर दिया कि माननीय उच्च न्यायालय ने अग्रिम अपील दस मूल दस्तावेजों को पहले ही तलब कर लिया है तथा उसकी अनुपस्थिति में यह सही नहीं होगा कि उक्त आवेदन पर कोई आदेश पारित किया जाए।

01.02.1986 तदोपरांत एक पुनरीक्षण याचिका माननीय जिला जज, फैजाबाद के सम्मुख दायर की गई, जिन्होंने उसे विविध मिश्रित अपील के तौर पर लिया तथा दिनांक 1 फरवरी, 1986 को एक आदेश पारित किया, जिसके अंतर्गत उन्होंने भीतरी आँगन के दरवाजे पर लगाए ताले को खोलने के निर्देश दिए।

15.12.1987 दिनांक 15 दिसंबर, 1987 को राज्य सरकार ने धारा 24 सहपठित दंड प्रक्रिया संहिता की धारा 151 के अंतर्गत एक आवेदन संख्या 29 वर्ष 1987 प्रस्तुत कर माननीय उच्च न्यायालय से यह निवेदन किया कि माननीय उच्च न्यायालय द्वारा विचारण तथा निबटारे के लिए जो भी अपील फैजाबाद में नीचे अदालतों में लंबित हैं, उन्हें वापस ले लिया जाए।

01.07.1989 सिविल जज, फैजाबाद के न्यायालय में दिनांक 1 जुलाई, 1989 को एक नई अपील दायर की गई थी।

	इस अपील में जो भी राहतें माँगी गई थीं, वे निम्न रूप में हैं— (a) एक घोषणा कि अयोध्या में श्री राम जन्मभूमि का, जो संपूर्ण परिसर है, जैसा कि अनुलग्नक I, II तथा III में वर्णित किया गया है, वह वादी देवता का हो, तथा (b) प्रतिवादियों के विरुद्ध एक स्थायी निषेधाज्ञा, जो उनको अयोध्या में श्री रामजन्मभूमि पर नए मंदिर के निर्माण में किसी भी दखल से अथवा कोई आपत्ति करने से अथवा किसी भी प्रकार की बाधा डालने से निषेध करे।
10.07.1989	सभी मामले वापस ले लिए गए तथा उच्च न्यायालय में हस्तांतरित कर दिए गए।
21.07.1986	दिनांक 21 जुलाई, 1989 को माननीय मुख्य न्यायाधीश ने तीन न्यायाधीशों की एक विशेष पीठ का गठन किया।
07.10.1990	उत्तर प्रदेश की राज्य सरकार ने 2.77 एकड़ भूमि का भूमि अधिग्रहण अधिनियम के अंतर्गत अधिग्रहण किया।
10.10.1991	भूमि अधिग्रहण अधिनियम, 1894 की धारा 6 के अंतर्गत एक अधिसूचना जारी की गई तथा अधिग्रहण का कारण, जो कि अधिसूचना में उजागर किया गया था, जो था, "पर्यटन का विकास तथा अयोध्या, जिला फैजाबाद में आनेवाले तीर्थ यात्रियों को सुविधाएँ प्रदान करना।"
16.10.1991	दिनांक 16 अक्तूबर, 1991 को मोहम्मद हाशिम द्वारा उपरोक्त कथित अधिसूचना पर प्रहार करते हुए एक रिट याचिका संख्या 3540 वर्ष 1991 (एम./बी.) दायर की, जिसको कि विशेष पीठ के सम्मुख रखा गया।
11.12.1992	उपर्युक्त रिट याचिका दिनांक 11 दिसंबर, 1992 को पारित हुए निर्णय के द्वारा तय की गई तथा माननीय

उच्च न्यायालय ने उपर्युक्त अधिसूचना, जो कि 2.7744 एकड़ भूमि के अधिग्रहण के संबंध में थी, को समाप्त कर दिया।

6.12.1992 तथा 7.12.1992 दिनांक 6 दिसंबर, 1992 को वह विवादित ढाँचा, जिसे मंदिर रामजन्मभूमि/बाबरी मस्जिद कहते थे, को ध्वस्त कर दिया गया तथा दिनांक 7 दिसंबर, 1992 को एक अस्थायी ढाँचे का निर्माण किया गया, जहाँ हिंदुओं द्वारा भगवान् राम/रामलला तथा अन्य देवी-देवताओं की उपासना तथा पूजा जारी रखी गई।

01.1.1993 रिट याचिका संख्या 110/1992 विश्व हिंदू अधिवक्ता संघ विरुद्ध यूनियन ऑफ इंडिया साथ में रिट याचिकाएँ द्वारा अखिल भारतीय नेहरू ब्रिगेड, उत्तर प्रदेश तथा महर्षि अवधेश—

याचिका इस सीमा तक स्वीकार की गई कि विपक्षी दलों को यह आदेश दिया गया कि वह हिंदुओं तथा श्रद्धालुओं को सार्थक ढंग से दर्शन करने दें।

03.04.1993 केंद्र सरकार ने अयोध्या में एक निश्चित भूमि अधिग्रहण अधिनियम, 1993 (1993 का अधिनियम संख्या 33) (अयोध्या अधिनियम) अधिनियमित किया।

अयोध्या अधिनियम दिनांक 3 अप्रैल, 1993 को राजपत्र में प्रकाशित किया गया तथा यह दिनांक 7 जनवरी, 1993 से प्रभावशील हुआ।

कुल क्षेत्रफल, जिसे अधिगृहीत किया जाना था, वह 67.703 एकड़ भूमि का था।

उक्त अधिनियमन के परिणामस्वरूप सभी चारों अपील कानून के संचालन के अंतर्गत अधिनियम की धारा 4 (3) के अंतर्गत रद्द माने गए।

07.1.1993 भारत के राष्ट्रपति ने भी निम्न प्रश्न पर, भारत के संविधान की अनुसूची 143(1) के अंतर्गत माननीय उच्चतम न्यायालय को एक विशिष्ट संदर्भ प्रस्तुत किया—

"क्या कोई हिंदू मंदिर अथवा कोई भी हिंदू धार्मिक ढाँचा रामजन्मभूमि-बाबरी मस्जिद के निर्माण से पहले (जिसमें उस ढाँचे के भीतरी तथा बाहरी आँगन के परिसर सम्मिलित हों) उस स्थान पर जहाँ कि ढाँचा स्थित है अस्तित्व में था?"

24.10.1994 अयोध्या अधिनियम की विरेस पर माननीय उच्च न्यायालय के सामने तथा माननीय उच्चतम न्यायालय के सामने भी आक्रमण किया गया।

माननीय उच्चतम न्यायालय ने माननीय उच्च न्यायालय के सम्मुख दायर हुईं सभी याचिकाएँ अपने पास हस्तांतरित करवा लीं तथा संविधान के अनुच्छेद 143(1) के अंतर्गत दिए गए संदर्भ के साथ-साथ सभी मामले सामूहिक रूप से सुने तथा दिनांक 24 अक्तूबर, 1994, जिसे 1994 (6) एस.सी.सी. 360 के तौर पर जाना, को जारी किए अपने निर्णय के माध्यम से यह तय किया। निष्कर्ष पैरे का उदाहरण निम्न रूप से है—

"96. उपर्युक्त चर्चा के नतीजे के तौर पर हमारा निष्कर्ष, जिसको कि चर्चा के साथ पढ़ा जाना चाहिए, निम्न रूप में है—

(1) (a) अधिनियम की धारा 4 की उपधारा (3) सभी अपीलों तथा सभी कानूनी कार्यवाहियों को, संबंधित पक्षों के बीच विवाद का कोई समाधान निकालने के लिए बिना कोई वैकल्पिक विवाद-समाधान तंत्र प्रदान किए, खारिज कर देती है। यह कानून के शासन की उपेक्षा

करते हुए विवाद के समाधान के लिए न्यायिक उपाय का विलोपन है, इसीलिए अधिनियम की धारा 4 की उपधारा (3) असंवैधानिक तथा अमान्य है।

(b) अधिनियम के बाकी के बचे हुए प्रावधान हमारे द्वारा किए गए किसी भी गठन की किसी अमान्यता से ग्रस्त नहीं हैं। अधिनियम की धारा 4 की उपधारा (3) बाकी के बचे हुए अधिनियम से काटकर अलग की जा सकती है। तदनुसार बचे हुए बाकी के अधिनियम की संवैधानिक मान्यता, अधिनियम की धारा 4 की उपधारा (3) के सिवाय, अस्वीकार की जाती है।

(2) इस्लामिक देशों में लागू मुस्लिम कानून के अंतर्गत मस्जिद के हैसियत के बावजूद धर्मनिरपेक्ष भारत में भी लागू मोहम्मदन कानून के अंतर्गत मस्जिद की हैसियत वही है तथा धर्मनिरपेक्ष भारत में किसी भी अन्य धर्म के पूजा के स्थान के बराबर ही है तथा वह राज्य की संप्रभुता अथवा व्यावहारिक शक्तियों को उपयोग के द्वारा होनेवाले, अधिग्रहण से न तो ऐसी कोई भी अधिक प्रतिरक्षा का आनंद नहीं उठाया जा सकता! जो कि अन्य किसी भी धर्म के पूजा के स्थान को प्राप्त न हों।

(3) उस विवादित स्थल, जिसके मध्य में वह ढाँचा खड़ा है (जिसमें ढाँचे के भीतरी तथा बाहरी आँगन के परिसर सम्मिलित हैं), जिसको आमतौर पर राम जन्मभूमि-बाबरी मस्जिद के नाम से जाना जाता है, से संबंधित अपील अथवा अन्य कार्यवाईयाँ, किसी भी अंतरिम आदेश जो भी इस संबंध में पारित किया गया हो, के साथ उसके विवाद के न्यायिक निर्णय के लिए पुनर्जीवित समझा जाएगा, सिवाय उस हद तक जहाँ कि अंतरिम

आदेश अधिनियम की धारा 7 के अंतर्गत संशोधित किए जाएँ।

(4) केंद्र सरकार में जो इस कथित विवादित क्षेत्र को अधिनियम की धारा 3 के अंतर्गत निहित किया गया है, वह एक हद तक सीमित है, जो कि एक वैधानिक प्राप्तकर्ता के तौर पर होगा, जिसका फर्ज धारा 7 के अंतर्गत उसका प्रबंधन तथा प्रशासन होगा तथा अधिनियम की धारा 7 की उपधारा (2) के अंतर्गत वहाँ यथास्थिति बनाए रखना होगा। एक वैधानिक प्राप्तकर्ता के नाते केंद्र सरकार का यह कर्तव्य होगा कि वह अधिनियम की धारा 6 के अंतर्गत विवादित स्थल को सौंप दे, जो कि अपील में दिए गए अंतिम निर्णयों के कार्यान्वयन के लिए होगा।

08.05.1996 आदेश दिनांक 08 मई, 1996, जिसमें यह देखा गया कि पक्षों में इस तथ्य को लेकर कोई विवाद नहीं था कि भगवान् राम भारत की सांस्कृतिक विरासत हैं तथा यह कि भारत के नागरिकों को उनके जन्मस्थान पर श्रद्धांजलि अर्पित करने का अधिकार है इस स्वीकृत तथ्यात्मक स्थिति में, मुद्दा संख्या 14, जो कि उस समय प्रस्तावित किया गया था, खारिज कर दिया गया।

24.07.1996 दिनांक 24 जुलाई, 1996 को मौखिक साक्ष्य की रिकॉर्डिंग प्रारंभ की गई।

01.08.2002 माननीय उच्च न्यायालय ने यह देखा कि इन सूटों में जो बुनियादी मुद्दा है, जो कि न्यायालयों का ध्यान अपनी ओर आकर्षित करता है, वह है, “क्या वहाँ पर हिंदू मंदिर था अथवा कोई हिंदू धार्मिक ढाँचा अस्तित्व में था अथवा कथित बाबरी मस्जिद का निर्माण विवादित स्थल पर मंदिर के ढहाने के बाद किया गया था।”

माननीय उच्च न्यायालय ने पक्षों को अपने विचार/सुझाव देने के लिए कहा कि विवादित स्थल को भारतीय पुरातत्त्व सर्वेक्षण को खोदने की अनुमति नहीं दी जानी चाहिए। माननीय उच्च न्यायालय ने भारतीय पुरातत्त्व सर्वेक्षण को विवादित स्थल ग्राउंड पेनिट्रेटिंग रडार द्वारा अथवा जियो-रेडियोलॉजी (जी.पी.आर.) द्वारा सर्वेक्षण करने तथा रिपोर्ट प्राप्त करने के लिए निर्देश भी दिए।

श्री जिलानी, अपील संख्या 4 के वादियों के माननीय काउंसिल ने न्यायालय के सम्मुख वास्तव में एक बयान दिया, उनको विवादित स्थल की जी.पी.आर. सर्वेक्षण से कोई आपत्ति नहीं है।

23.10.2002 न्यायालय ने आदेश निम्नांकित 23 अक्तूबर, 2002 द्वारा सभी पक्षों द्वारा उठाई गई आपत्तियों को निपटाया तथा जी.पी.आर./जियो-रेडियोलॉजी टेस्ट के आदेश पारित किए।

17.02.2003 मै. टोजो द्वारा ए.एस.आई. के माध्यम से सर्वेक्षण की रिपोर्ट जमा कराई गई।

05.03.2003 न्यायालय द्वारा सभी पक्षों को अपनी अपनी आपत्तियाँ दायर करने की अनुमति देने के उपरांत उक्त रिपोर्ट पर विचार किया गया तथा उनका आदेश दिनांकित 5 मार्च, 2003 के माध्यम से निपटारा किया गया, जिसके माध्यम से ए.एस.आई. को विवादित स्थल पर खुदाई करने के लिए कहा गया।

22.08.2003 ए.एस.आई. द्वारा दिनांक 22 अगस्त, 2003 को अपनी अंतिम रिपोर्ट सौंपी गई।

22.04.2009 जनाब जफरयार जिलानी, जनाब मुश्ताक अहमद सिद्दीकी तथा जनाब सय्यद इरफान अहमद, सभी

मुस्लिम पक्षों के वकील ने सी.पी.सी. दस रूल 2 आदेश X के अंतर्गत अपने बयान दिए, जो कि निम्नलिखित प्रभाव से थे—

"इस मामले के उद्देश्य के लिए भगवान् राम के लिए अयोध्या में उनके जन्मस्थान, जैसा कि वाल्मीकि की रामायण में बताया गया है अथवा जैसे कि आज की तिथि में है, को लेकर हिंदू भक्तों की आस्था पर कोई विवाद नहीं है; हालाँकि इस बात को विवादित तथा अस्वीकार किया गया है कि बाबरी मस्जिद का स्थल भगवान् राम का जन्मस्थान है। इस बात से भी इंकार किया गया है कि किसी भी समय में बाबरी मस्जिद के स्थान पर कभी भी रामजन्मभूमि मंदिर था।"

30.09.2010 सभी पक्षों को विस्तार में सुनने के बाद इलाहाबाद उच्च न्यायालय की विशिष्ट पीठ ने अपना निर्णय सुनाया।

2010–2011 माननीय उच्चतम न्यायालय के सम्मुख अपीलें दायर की गईं, जिनमें माननीय उच्च न्यायालय के निर्णय को चुनौती दी गई।

16.10.2019 माननीय उच्चतम न्यायालय ने विस्तृत सुनवाई के उपरांत, जो कि दिनांक 06 अगस्त, 2019 से लगातार की जा रही थी, सभी अपीलों में अपनी कार्यवाहियाँ समाप्त कीं।

09.11.2019 माननीय उच्चतम न्यायालय की पाँच न्यायाधीशों की पीठ ने, जो कि भारत के मुख्य न्यायाधीश माननीय न्यायाधीश रंजन गोगोई की अगुवाई में कार्य कर रही थी, ने अपना फैसला सुनाया।

□

अनुलग्नक-2

एक नजर में श्रीरामजन्मभूमि आंदोलन

1. अयोध्या जिसे वैवस्वत मनु (वर्तमान मन्वंतर के पूर्वज तथा पीठासीन व्यक्ति, जो कि 14 में से सातवाँ है, जो कि वर्तमान कल्प को बनाता है, प्रत्येक कल्प एक ब्रह्म दिवस के बराबर है) द्वारा पवित्र सरयू नदी के तट पर स्थापित किया गया था। उन्होंने भगवान् मत्स्यावतार के आशीर्वाद तथा सहायता से महा जलप्रलय से पृथ्वी की रक्षा की थी। उनके पुत्रों में से दो पुत्र इला तथा इक्ष्वाकु क्रमशः चंद्र वंश तथा सूर्य वंश के प्रजनक बने। वैवस्वत मनु के मंत्रालय में जो सप्तर्षि थे वे कश्यप, अत्रि, वसिष्ठ, विश्वामित्र, गौतम, जमदग्नि तथा भरद्वाज ऋषि थे।
2. भगवान् राम का जन्म, भगवान् विष्णु के अवतार के रूप में, सूर्य वंश में लाखों वर्ष पहले त्रेता युग—चार में से दूसरा युग, में अथवा मानवजाति के युग में, अयोध्या में हुआ था जो कि वैश्विक आतंकवाद, दुराचरण तथा कामुकता से विश्व की रक्षा के लिए तथा विश्व की भावी पीढ़ियों को प्रसन्न स्वस्थ तथा संपन्न छोड़ने के लिए हुआ था।
3. करीब 2100 वर्ष पूर्व सम्राट् विक्रमादित्य ने श्रीरामजन्मभूमि (भगवान् श्रीराम के जन्मस्थान पर) अयोध्या में 84 काले पत्थर

के खंबों पर एक भव्य मंदिर का निर्माण किया था जिसको कि श्रीराम को समर्पित कर श्रीराम की यादों को राष्ट्रीय तथा वैश्विक स्तर पर एक महानायक तथा रक्षक के तौर पर गौरवान्वित करने तथा यादगार बनाने के लिए किया था। जन्मस्थान को अलग-अलग समय पर बनाए मंदिरों से चिह्नित किया गया है कि जैसे ही पहले के मंदिर प्रकृति के बदलावों के कारण, जैसे सरयू नदी में आई बाढ़ आदि, टूटे तो नए मंदिरों का निर्माण किया गया, जिससे कि उस स्थल को चिह्नित किया जाता रहे। विशेषज्ञों के अनुसार बाबरी से पहले के समय का जो मंदिर है, वह गढ़वाल समय का है।

4. उक्त मंदिर को वर्ष 1528 सामान्य युग (सी.ई.) 482 वर्ष पूर्व, में मीर बाकी, जो कि मुस्लिम आक्रमणकारी बाबर की फौज का कमांडर था, ने उक्त मंदिर को ध्वस्त कर दिया।
5. श्रीरामभक्तों द्वारा इस्लामिक लुटेरों के विरुद्ध, जो पहली लड़ाई लड़ी गई वह 15 दिनों तक चली थी।

   आक्रमणकारी मंदिर को तोड़ नहीं पाए, इसीलिए 1,76,000 शेरदिल रामभक्तों द्वारा अपने अत्यंत पूजे जाने वाले मंदिर के लिए अपने जीवन की आहुति देने के उपरांत आक्रमणकारियों ने मंदिर तोपों से उड़ा दिया।
6. ध्वस्त मंदिर के स्थल के ऊपर एक मस्जिद जैसा ढाँचा जबरदस्ती बनाया गया, जिसमें उन्होंने मंदिर के टूटे हुए टुकड़ों तथा बचे हुए टुकड़ों का प्रयोग किया, परंतु आक्रमणकारी अजान (प्रार्थना के लिए बुलाया जाना) के लिए मीनारें तथा वजू के लिए आवश्यक पानी का स्थान भी बना नहीं पाए।
7. वर्ष 1528 सी.ई. से 1949 सी.ई. के मध्य 76 लड़ाइयाँ व संघर्ष राम जन्मभूमि को वापस प्राप्त करने के लिए लड़े गए, ताकि वहाँ मंदिर का पुनः निर्माण किया जा सके। इस पवित्र स्थान को

वापस प्राप्त करने के लिए गुरु गोविंद सिंहजी महाराज, महारानी राजकुँवर तथा बहुत से अन्य महान् लोगों ने लड़ाइयाँ लड़ीं।

8. 22 दिसंबर, 1949 की मध्यरात्रि को श्रीरामलला (शिशु रूप में भगवान् राम) जन्मस्थान, जो कि ढाँचे के केंद्रीय गुंबद के नीचे है, पर प्रकट हुए। उस समय पं. जवाहरलाल नेहरू भारत के प्रधानमंत्री थे, पं. गोविंद बल्लभ पंत उत्तर प्रदेश के मुख्यमंत्री थे तथा केरल के श्री के.के. नय्यर फैजाबाद के जिला मजिस्ट्रेट थे।

9. कानून तथा व्यवस्था बनाए रखने के लिए, सिटी मजिस्ट्रेट ने दंड प्रक्रिया संहिता की धारा 145 के अंतर्गत ढाँचे को संलग्न कर लिया तथा श्री प्रियदत्त राम को प्राप्तकर्त्ता नियुक्त कर स्थल को उनकी देख-रेख में सौंप दिया तथा दरवाजों पर ताला लगवा दिया, परंतु उन्होंने एक पुजारी को दिन में दो बार ढाँचे के अंदर जाने तथा नियमित पूजा तथा संस्कार आदि करने की अनुमति दी। भक्तों को केवल ताला लगे हुए स्थान तक ही जाने की अनुमति थी। वहाँ के स्थानीय लोगों तथा साधुओं ने 'श्रीराम जय राम जय जय राम' की माला जपनी शुरू कर दी।

   ताला लगे दरवाजे के सामने 24×7 (दिन रात) अखंड नाम संकीर्तन (श्रीराम की विजय हो) करना प्रारंभ कर दिया।

10. पश्चिमी उत्तर प्रदेश के कांग्रेस के एक अनुभवी नेता ने मार्च 1983 में मुजफ्फरनगर (उत्तर प्रदेश) में एक हिंदू सम्मेलन में हिंदू समाज को उत्तेजित करते हुए आह्वान किया कि अयोध्या, मथुरा तथा काशी के स्थलों को वापस प्राप्त करना है। श्री गुलजारी लाल नंदा, जो कि प्रधानमंत्री नेहरू तथा प्रधानमंत्री शास्त्री के निधन के बाद दो बार भारत के अंतरिम प्रधानमंत्री रह चुके थे, भी उस समय मंच पर उपस्थित थे।

11. सबसे पहली धर्म संसद् (हिमालय के पारंपरिक विभिन्न शाखाओं के संतों तथा धर्माचारियों की राष्ट्रीय संसद्) जो कि विश्व हिंदू परिषद् (वी.एच.पी.) द्वारा विज्ञान भवन, नई दिल्ली में अप्रैल

1984 को आयोजित की गई थी, में यह संकल्प लिया गया कि पहले अयोध्या को वापस प्राप्त करेंगे तथा जन्मभूमि पर लगे ताले को खुलवाने के लिए एक जनजागरण यात्रा (पूरे देश में जनता को जगाने के लिए यात्रा) करेंगे।

12. वी.एच.पी. ने अक्तूबर 1984 में जनजागरण के लिए सीतामढ़ी से अयोध्या से लखनऊ से दिल्ली तक राम-जानकी रथयात्रा शुरू की, परंतु यात्रा को उस वर्ष देश में हुई एक दुर्भाग्यपूर्ण घटना के कारण एक वर्ष के लिए वापस लेना पड़ा।
13. अक्तूबर 1985 में जनजागरण के लिए रथयात्रा पुनः प्रारंभ हुई तथा साथ ही ताला खोलने के लिए माँग भी रखी गई।
14. इन रथयात्राओं से हिंदू समाज इतना आवेश तथा आक्रोश से भरा हुआ था कि फैजाबाद के जिला न्यायाधीश ने 1 फरवरी, 1986 को ताले खोलने का आदेश पारित कर दिया। उस समय उत्तर प्रदेश के मुख्यमंत्री कांग्रेस के श्री वीर बहादुर सिंह थे तथा स्वर्गीय श्री राजीव गांधी भारत के प्रधानमंत्री थे।
15. गुजरात के एक जाने-माने मंदिर वास्तुकार श्री चंद्रकांत भाई सोमपुरा ने प्रस्तावित मंदिर का नक्शा बनाया, जिनके दादाजी पद्मश्री श्री पी.ओ. सोमपुरा ने वर्तमान सोमनाथ मंदिर का मॉडल बनाया था तथा पूरे परिवार ने बहुत से अन्य नगर शैली के मंदिरों के मॉडल बनाए हैं। श्री चंद्रकांत भाई सोमपुराजी ने श्रीरामजन्मभूमि का लकड़ी का एक मॉडल भी तैयार किया।
16. जनवरी 1989 में प्रयागराज के पवित्र कुंभ मेले के अवसर पर त्रिवेणी संगम के तट पर वी.एच.पी. ने एक बार फिर धर्म संसद् का आयोजन किया तथा देवराहा बाबा की शुभ तथा मंगलमय उपस्थिति में यह तय किया गया कि देश के प्रत्येक मंदिर में रामशिला पूजन का कार्यक्रम किया जाएगा। सबसे पहली ईंट श्री बद्रीनाथ धाम में रखी गई थी।

17. अक्तूबर 1989 के अंत तक भारत तथा विदेशों से लगभग 2,75,000 शिलाएँ अयोध्या में सही सलामत पहुँच गई थीं। अनुमानत: 60 लाख लोगों ने इस कार्यक्रम में भाग लिया था।
18. 9 नवंबर, 1949 को उस समय की सरकार की अनुमति से एस.सी. भाई बिहार के श्री कामेश्वर चौपाल द्वारा आधारशिला रखी गई। उस समय श्री नारायण दत्त तिवारी उत्तर प्रदेश के मुख्यमंत्री थे तथा स्वर्गीय श्री राजीव गांधी देश के प्रधानमंत्री थे।
19. दिनांक 24 जून, 1990 को साधुओं द्वारा एक घोषणा की गई कि देवयानी एकादशी (30 अक्तूबर, 1990) से मंदिर के निर्माण को प्रारंभ करने के लिए कारसेवा (स्वैच्छिक सेवा) प्रारंभ की जाए।
20. अयोध्या में अरनी मंथन (लकड़ी के टुकड़ों से अग्नि प्रज्वलित करने की प्रक्रिया) द्वारा एक पवित्र ज्योति जलाई गई। इसे 'राम ज्योति' का नाम दिया गया। यह ज्योति पूरे देश में प्रत्येक हिंदू घर में पहुँची तथा इसी ज्योति से दीपावली मनाई गई।
21. दिनांक 30 अक्तूबर,1990 को हजारों की संख्या में रामभक्त विभिन्न प्रकार की बाधाओं, जो कि उस समय की मुलायम सिंह की अगुवाई की उत्तर प्रदेश की सरकार ने लगाई थीं, को लाँघकर अयोध्या पहुँचे तथा विवादित ढाँचे के ऊपर भगवा झंडा फहराया।
22. उत्तर प्रदेश के मुख्यमंत्री मुलायम सिंह यादव ने दिनांक 2 नवंबर, 1990 को कारसेवकों पर गोली चलाने के आदेश दिए, जिसमें बहुत से कारसेवकों ने अपनी जान गँवाई, जिसमें कोलकाता के कोठारी भाई भी शामिल थे—राम कोठारी तथा शरद कोठारी।
23. दिनांक 4 अप्रैल, 1991 को दिल्ली ने भव्यतम रैली देखी, जो कि बोट क्लब पर आयोजित की गई थी। मुख्यमंत्री मुलायम सिंह यादव को अपना त्याग-पत्र देना पड़ा।
24. सितंबर 1992 में भारत के प्रत्येक गाँव में श्रीरामपादुका पूजन का आयोजन किया गया तथा भक्तों को एक अन्य आह्वान किया गया

कि वे गीता जयंती (6 दिसंबर, 1992) पर अयोध्या पहुँचें। लाखों की तदाद में लोग कारसेवा के लिए पहुँचे तथा दुनिया ने बाबरी मस्जिद की नियति देखी।

25. बाबरी ढाँचे की ध्वस्त हुई दीवारों से 5 फीट लंबी तथा 2.25 फीट चौड़ी एक पत्थर की शिला मिली। पुरालेखविदों (पुराने लेखों से संबंधित विवाद) ने उस पर संस्कृत में लिखी हुई 20 लाइनों के शिलालेख को पढ़ा और उनको 12वीं शताब्दी सी.ई. का होना पाया। उसकी प्रथम लाइन 'ॐ नमः शिवाय' से आरंभ होती है। उसकी लाइन संख्या 15, 17 तथा 19 पर एक महान् मंदिर होने के बारे में तथा उस राजा के बारे में विस्तार से लिखा है, जिसने वह मंदिर बनवाया था। लाइन संख्या 15 में यह स्पष्ट रूप से लिखा है कि मंदिर को विष्णु हरि को समर्पित किया गया था, जिन्होंने दसानन (रावण) को मारा था। लगभग 250 हिंदू कलाकृतियाँ भी मलबे में से मिली थीं, जो कि वर्तमान में न्यायालय के नियंत्रण में हैं।

26. कारसेवकों द्वारा तारपोलीन द्वारा एक अस्थायी मंदिर का निर्माण उसी स्थान पर किया गया, जहाँ ढाँचे के ध्वस्त होने से पहले श्री रामलला को बैठाया गया था। उस समय की पी.वी. नरसिम्हा राव की अगुवाई वाली केंद्र सरकार के एक अध्यादेश के माध्यम से लगभग 67 एकड़ भूमि का अर्जन श्री रामलला की सुरक्षा के नाम पर किया गया। यह अध्यादेश संसद् द्वारा दिनांक 7 जनवरी, 1993 को एक अधिनियम के माध्यम से अनुमोदित कर दिया गया।

27. एक वकील हरी शंकर जैन इलाहाबाद उच्च न्यायालय की लखनऊ पीठ के पास इस प्रार्थना के साथ गए कि हिंदू भक्तों को श्री रामलला की नियमित सेवा-पूजा की अनुमति प्रदान की जाए। दिनांक 1 जनवरी, 1993 को यह अनुमति प्रदान कर दी गई। उसके बाद से बिना रोक-टोक के दर्शन-पूजा जारी है।

28. उस समय के भारत के महामहिम राष्ट्रपति डॉ. शंकर दयाल शर्मा ने भारत के संविधान के अनुच्छेद 143-A के अंतर्गत माननीय उच्चतम न्यायालय को एक प्रश्न का संदर्भ दिया। वह प्रश्न था—"क्या कोई हिंदू मंदिर अथवा हिंदू धर्म का कोई ढाँचा उस क्षेत्र में रामजन्मभूमि-बाबरी मस्जिद के निर्माण से पहले अस्तित्व में था, जिस पर कि ढाँचा खड़ा था?" तथा एक श्री इसमाइल फारुखी तथा कुछ अन्य द्वारा केंद्र सरकार द्वारा किए अधिग्रहण को भी चुनौती दी गई थी।

29. माननीय उच्चतम न्यायालय ने उपर्युक्त सभी याचिकाओं के साथ विशिष्ट राष्ट्रपति के संदर्भ की सुनवाई की गई। एक साथ लगभग 20 महीनों तक की तथा दिनांक 24 अक्तूबर, 1994 को अपना निर्णय सुनाया।

    माननीय उच्चतम न्यायालय ने कहा, "इलाहाबाद उच्च न्यायालय की लखनऊ पीठ विवादित स्थल के शीर्षक का फैसला करेगी" तथा राष्ट्रपति के विशिष्ट संदर्भ का भी उत्तर दिया।

30. वर्ष 1995 में तीन न्यायाधीशों की एक पूर्ण पीठ (दो हिंदू तथा एक मुस्लिम न्यायाधीश) ने मामले की सुनवाई प्रारंभ की। मुद्दों को फिर से तैयार किया गया। मौखिक प्रमाण दर्ज किए जाने लगे।

31. राष्ट्रपति के विशिष्ट संदर्भ का प्रत्यक्ष उत्तर जानने के किए अगस्त 2002 में, उक्त पीठ ने स्थल पर ग्राउंड पेनीटरेटिंग रडार सर्वेक्षण (जी.पी.आर.एस.) के आदेश दिए, जो कि टोजो विकास इंटरनेशनल द्वारा कनाडा के अपने विशेषज्ञों द्वारा संचालित किया गया। विशेषज्ञों ने अपनी आख्या में बताया कि एक बहुत ही बड़ा ढाँचा ध्वस्त ढाँचे के नीचे एक बहुत बड़े स्थान तक फैला हुआ अस्तित्व में है। जिसे उन्होंने वैज्ञानिक तकनीक से सिद्ध किया कि बाबरी ढाँचा अक्षत भूमि पर नहीं बनाया गया था, जैसा कि मुसलमानों ने अपने दिसंबर 1961 में फैजाबाद के सिविल

न्यायाधीश के सम्मुख दायर सिविल अपील में दावा किया था। विशेषज्ञ ने अपना मत दिया कि जी.पी.आर.एस. की आख्या को वैज्ञानिक खुदाई के माध्यम से सत्यापित कराया जाए।

32. वर्ष 2003 में माननीय उच्च न्यायालय ने भारतीय पुरातत्त्व सर्वेक्षण को स्थल को वैज्ञानिक तरीके से खोदने का आदेश दिया तथा जी.पी.आर.एस. की सुनवाई को सत्यापित करने को कहा। यह खुदाई का कार्य दो प्रेक्षकों के सामने, जिनको कि न्यायालय द्वारा नियुक्त किया गया था (फैजाबाद के दो अतिरिक्त जिला न्यायाधीश) संचालित किया गया। खुदाई के दौरान संबंधित पक्ष, उनके वकील, उनके विशेषज्ञ/प्रतिनिधियों को भी उपस्थित रहने की अनुमति दी गई। निष्पक्षता बनाए रखने के लिए यह आदेश हुए कि जो श्रमिक वहाँ कार्य करेंगे, उनमें से 40 प्रतिशत मुसलमान होंगे। ए.एस.आई. द्वारा खुदाई की हर एक मिनट की वीडियो तथा स्टील फोटोग्राफी कराई गई। यह खुदाई आँखें खोल देनेवाली साबित हुई। बहुत सारी दीवारें, तल, 50 के बराबर की समान दूरी के स्थानों पर आधार-स्तंभ की दो पंक्तियाँ मिलीं। शिव का एक मंदिर भी दिखाई दिया। जी.पी.आर.एस. की आख्या तथा पुरातत्त्व विभाग की आख्या दोनों वर्तमान में माननीय उच्च न्यायालय के अभिलेखों का भाग हैं।

33. न्यायालय की सिविल प्रक्रिया 60 वर्षों (40 वर्ष जिला न्यायालय में तथा 20 वर्ष उच्च न्यायालय में) के उपक्रम के उपरांत अब समाप्त हो गई है तथा सितंबर 2010 के अंत तक अंतिम निर्णय आने की उम्मीद थी; हालाँकि सभी प्रमाण हिंदू दावों के पक्ष में हैं कि बाबरी ढाँचा श्रीरामजन्मभूमि स्थान के ऊपर मंदिर को जो स्थल की पहचान कराता था कि ध्वस्त करके बनाया गया था, फिर भी निर्णय क्या होगा यह कोई भी निश्चित तौर पर नहीं कह सकता। यह स्पष्ट है कि निर्णय के कारण किसी एक पक्ष में तथा

जनता में उनके अनुयायियों में अशांति पैदा होगी। वह पक्ष उच्च न्यायालय के निर्णय को माननीय उच्चतम न्यायालय में चुनौती दे सकता है, परंतु यह माननीय उच्चतम न्यायालय पर निर्भर करेगा कि वह इस मामले पर ध्यान दे अथवा नहीं। जो भी मामला हो, प्रत्येक भारतीय नागरिक माननीय उच्चतम न्यायालय का शाह बानो के मामले में निर्णय जानता और अति आवश्यक भी है! और इसीलिए हो सकता है कि गेंद भारत की संसद् के पाले में आ पड़े, जैसा कि हम हमेशा से माँग करते रहे हैं कि संसद् को एक कानून पारित करना चाहिए तथा श्रीराम जन्मभूमि हिंदू समाज को सौंप देनी चाहिए।

34. भारत के मूल संविधान में भारत की राष्ट्रीय प्रामाणिकता के कारकों के चित्र हैं। उक्त खंड का तीसरा चित्र भगवान् राम तथा उनके सहयोगियों का लंका पर विजय के उपरांत हवाई वाहन पुष्पक विमान द्वारा अयोध्या लौटने का है।

35. जो दो मंजिल का प्रस्तावित मंदिर है, उसमें प्रत्येक मंजिल पर 108 खंभे होंगे तथा वह 270 फीट लंबे, 135 फीट चौड़े तथा 125 फुट ऊँचे होंगे तथा मंदिर के चारों ओर 10 फीट चौड़ा परिक्रमा मार्ग होगा। दीवारों की मोटाई 6 फीट होगी तथा दरवाजों की चौखट सफेद मकराना मार्बल से बनेगी। नक्काशी का कार्य 5 विभिन्न कार्यशालाओं (दो अयोध्या, उत्तर प्रदेश में, एक मकराना, राजस्थान में तथा तीन पिंडवारा, राजस्थान में) में किया गया है। आज की तिथि तक 60 प्रतिशत नक्काशी का कार्य पूरा हो चुका है।

36. दिनांक 5 अप्रैल, 2010 को हरिद्वार के वर्ष 2010 के कुंभ मेले में संतों तथा धर्माचारियों ने अपनी बैठक में यह घोषित किया कि वह तुलसी जयंती (16 अगस्त, 2010) से अक्षय नवमी (16 नवंबर, 2010) तक श्रीहनुमत शक्ति जागरण समिति के ध्वज के नीचे

पूरे देश में हनुमान चालीसा पाठ का आयोजन करेंगे तथा प्रत्येक प्रखंड में देवोत्थानी (देवउठनी एकादशी) एकादशी (17 नवंबर, 2010) से गीता जयंती (16 दिसंबर, 2010) के दौरान श्री हनुमत शक्ति जागरण महा यज्ञ करेंगे। यह यज्ञ पूरे भारतवर्ष में लगभग 8,000 केंद्रों में आयोजित किए गए। (स्रोत : विश्व हिंदू परिषद्)।

□

अनुलग्नक-3

CHART - ....

आस्ट्रियाई पादरी फादर टाइपेनथेलर की डायरी एवम्
ब्रिटिश गजेटियरों में श्रीराम जन्मभूमि एवम् उस पर बाबर के आक्रमण का वर्णन–

DESCRIPTION HISTORIQUE ET GÉOGRAPHIQUE
DE L'INDE,
QUI PRÉSENTE EN TROIS VOLUMES, ENRICHIS DE 64 CARTES ET AUTRES PLANCHES:
1. La Géographie de l'Indoustan, écrite en Latin, dans le pays même, par
LE PERE JOSEPH TIEFFENTHALER,
Jésuite & Missionnaire apostolique dans l'Inde.
2. Des Recherches historiques & géographiques sur l'Inde, & la Description du Cours du Gange & du Gagra, avec une très grande Carte, par
M. ANQUETIL DU PERRON,
[illegible]
3. La Carte générale de l'Inde, celles du Cours du Brahmapoutre, & de la Navigation intérieure du Bengale, avec des mémoires relatifs à ces Cartes, publiés en Anglois, par
M. JAQUES RENNELL,
[illegible]
Le tout, augmenté de remarques & d'autres additions, rédigé & publié en François, par
M. JEAN BERNOULLI,
[illegible]
TOME II. Ire PARTIE.
[illegible]
A BERLIN, MDCCLXXXVI.
DE L'IMPRIMERIE DE PIERRE BOURDEAUX.
[illegible]

Important note: Father Joseph Tieffenthaler was an Austrian Jesuit father (1710-1785) who travelled to India in the 1740s and stayed on till his death, adding to his missionary activities a detailed geographical study of the country. His *Descriptio Indiae*, written in Latin, was translated into French and incorporated in a three-volume series on India's geography and history published in French from Berlin in 1786.

HISTORICAL EVIDENCE

254 LA PROVINCE D'OUDE.

... *Bedi*, c'est à dire, le berceau. La raison en est, qu'il y avoit autrefois ici une maison où *Beschan* naquit en se produisant sous la figure de *Ram*, & où furent aussi nés, dit-on, ses trois frères. Dans la suite *Aurengzeb*, ou selon d'autres, *Babor*, la rasa [illegible]: afin d'ôter aux gentils l'occasion d'y pratiquer leurs superstitions; néanmoins ils rendent encore un culte superstitieux à l'un & l'autre endroit: savoir, à celui où étoit la maison natale de *Ram*, en en faisant trois fois le tour, prosternés par terre. Les deux endroits sont entourés d'une muraille basse garnie de créneaux. On entre dans l'avant-salle par une porte basse ceintrée.

Pas loin de là est un endroit où l'on creuse des grains de riz noirs convertis en petites pierres, que l'on dit être cachés sous terre depuis le tems de *Ram*.

Le 24 du mois *Tschèt*, un grand concours de peuple célèbre ici le jour de naissance de *Ram* si fameux dans l'Inde entière.

Cette vaste ville est éloignée seulement d'un mille de *Bangla*, à l'Est vers l'E. N. E. ensorte que sa latitude (a) sera plus grande d'environ une minute que celle de *Bangla*.

La forteresse construite en quarré, assise sur le bord élevé du fleuve, est munie de tours rondes & basses. Les murs ont besoin de réparation. Elle est dégarnie d'habitans & point en état de défense. Autrefois les Gouverneurs de la Province y avoient leur résidence: *Sadatkhan* effrayé par un mauvais augure la transféra à *Bangla*. Aujourd'hui elle est détruite de fond en comble.

Depuis l'endroit où sont plantés les canons, jusqu'à *Oude* par l'espace de 2 milles, le *Gagra* prend son cours vers l'Est, faisant un double coude, l'un près de la partie occidentale de la ville, l'autre à peu de distance de là vers l'Ouest; se repliant de là vers le N. E. ¼ E., il baigne la ville à l'Ouest; après quoi il retourne vers l'Est, proche de la partie septentrionale. Mais il change son cours presque toutes les années. Son lit est égal (en largeur) à celui du Danube près de la citadelle d'In-

(a) Je crois qu'il faut lire: la longitude. (B.)

IMPORTANT NOTE

Father Joseph Tieffenthaler was an Austrian Jesuit Father (1710-1785) traveled to India in the 1740 and stayed in Inidatill his death, adding to his missionary activities a detailedgeographical study of the country. His Descriptio Indiae, (Historiue Et Geographique - DE L') written in Latin, was translated into French and incorported in three-volume series on India's geography and history published in French from Berlin in 1786.

LA PROVINCE D'OUDE. 253

Le lieu le plus remarquable est celui que l'on nomme *Sorgadoari*, c'est à dire: le temple céleste. Car ils disent que *Ram* a enlevé de là au ciel tous les habitans de la ville: ce qui a quelque ressemblance avec l'élévation du Seigneur. La ville ainsi déserte, fut repeuplée & rendue à son premier état par *Bikarmadjit*, ce fameux Roi d'*Oudjein*.

Il y avoit ici un temple construit sur le bord élevé du fleuve; mais *Aurengzeb* toujours attentif à propager la secte de Mahomet & ayant en horreur les gentils, le fit démolir & remplacer par une mosquée accompagnée de deux obélisques, afin d'abolir jusqu'au souvenir de la superstition Indienne. Une autre mosquée bâtie par les Maures est contigue à celle-là vers le Levant.

Près du *Sorgadoari* est un édifice bâti en long par *Nabalray*, un Indien, ci-devant lieutenant du gouverneur (propraetor) de cette province (a).

Mais un endroit fameux particulièrement, est celui qu'on appelle *Sita Rassoi*, c'est à dire, la table de *Sita*, femme de *Ram*. Ce lieu est attenant à la ville, au Midi, & situé sur une éminence de terre.

L'empereur *Aurengzeb* a fait démolir la forteresse appelée *Ramcot*, & a élevé au même lieu un temple mahométan, à triple coupole. D'autres disent qu'il a été construit par *Babor*. On y voit 14 colonnes de pierre noire, hautes de 5 empans, qui occupoient l'emplacement de la forteresse. Douze de ces colonnes portent maintenant les arcades intérieures de la Mosquée: deux (de ces 12) sont placées à la porte du cloître. Les deux autres font partie du tombeau d'un certain Maure. On raconte que ces colonnes, ou plutôt ces débris de colonnes artistement travaillées ont été apportées de l'Ile de *Lanca* ou *Selendip* (appelée Ceylan par les Européens) par *Hanuman*, Roi des Singes.

On voit sur la gauche une caisse carrée élevée à 5 pouces de terre, revêtue de chaux, longue d'environ 5 aunes, large tout au plus de 4. Les Indous la nom-

Ii 3

a) Voyez la Planche XIV, n. 2.

Book - Historiue Et Geographique - DE L' Inde

Page 253

Emperor Aurangzeb got the fortress called Ramcot demolished and got constructed at the same place, a Mosque with three domes. Some believe that it was constructed by 'Babbar'. Fourteen black stone pillars can be seen there, which existed at the site of the fortress.

A square box raised 5 inches above the ground, with borders made of lime, with a length of more than 5 inches and height of about 4 inches can be seen there.

Page 254

THE PROVINCE OF OUDE (UD)

The Hindus call it Bedi i.e. "the cradle". The reason for this is that once upon a time, there was a house in this place where Befchan was born in the from Ram besides his three brothers. Subsequently Aurangzeb or according to another belief, Babur, got this placed destroyed in order to deny them the opportunity of practicing their superstitions. However, there still exists some superstitious cult in some place. For example, in the place where native house of Ram existed, they go around 3 times and prostrate on the floor.

On the 24th of the Tschet month, a big gathering of people gather hue to celebrate the birthday of Ram, so famous in entire India.

CHART - 31

HISTORICAL EVIDENCE

A

HISTORICAL SKETCH

OF

TAHSIL FYZABAD, ZILLAH FYZABAD

INCLUDING

PARGANAS HAVELI-OUDH AND PACHHIMRATH,

WITH THE OLD CAPITALS,

AJUDHIA AND FYZABAD,

By P. Caengy, Officiating Commissioner and Settlement Officer,

PARGANA MANGALSI,

By J. Woodburn, Officiating Settlement Officer,

AND

PARGANA AMSIN

By C. S. Noble, Assistant Settlement Officer,

LUCKNOW

PRINTED AT THE OUDH GOVERNMENT PGESS

1870

A Historical Sketch of Tahsil Fyzabad, Zillah Fyzabad - including Parganas Haveli-Oudh and Pachhimrath with the old Capitals

AJUDHIA AND FYZABAD
By P Carnegy, Officiating Commissioner and Settlement Officer

PARGANA MANGALSI
By J. Woodbur, Officiating Settlement Officer and

LUCKNOW - 1870
Page 6

PARGANA AMSIN
by C.S. Noble, Assistant Settlement Officer

The restoration by Vikramajit - To him the restoration of the neglected and forest-concealed Ajudhia is universally attributed. His main clue in tracing the ancient city was of course the hold river Sarju, and his next was the shrine still known as Nageshar-nath, which is dedicated to Mahadeo, and which presumably escaped the devastations of the Buddhist and Atheist period. With these clues, and aided by descriptions which he found recorded in ancient manuscripts, the different spots rendered sacred by association with the worldly acts of the deified Rama, were identified, and Vikramajit is said to have indicated the different shrines to which pilgrims from afar still in thousands half-yearly flock.

Page 20 - last para - The Janmasthan and other temples - It is locally affirmed that at the Mahomeddan conquest there were three important Hindu shrines, with but few devotees attached, at Ajudhia which was then little other than a wilderness. These were the "Janamasthan" the "Sargadwar mandir" also known as "Ram Darbar", and the "Treta-ka-Thakur".

On the first of these the Emperor Babar built the monsque which still bears his name A.D. 1528. On the second Aurangzeb did the same A.D 1658-1707; and on the third that sovereign, or his predecessor, built a mosque, according to the well known Mohomedan principle of enforcing their religion on all those whom they conquered.

32

CHART - ....

HISTORICAL EVIDENCE

GAZETTEER
OF THE
PROVINCE OF OUDH

VOL. 1.--A. TO G
(THREE VOLS IN ONE)

LOW PRICE PUBLICATIONS
Delhi-110052.

Distributed by :
D.K. Publishers Distributors (P) Ltd.
1, Ansari Road, Darya Ganj
New Delhi-110002
Phones : 3278368, 3261465
Fax : 091-011-3264368

First Published 1877-78

Reproduced in India 1993

ISBN 81-85557-65-9

Published By : Low Price Publication
425, Nimri Colony, Delhi-110052.
Printed at : Raj Offset Printers, Delhi

PRINTED IN INDIA

AJO

has some small assignments of land in this, and in the Gonda district. Rám Dás, the present mahant, is seventh in succession from the local founder of the order.

The Mahánirbáni sect.—Mahant Parsotam Dás came to Ajodhya from Kota Búndi in the days of Shujá-ud-daula, and built a temple at Ajodhya. Dayál Dás, the present incumbent, is the sixth in succession. He has twenty-five disciples, the great majority of whom are itinerant mendicants. The word Mahánirbáni implies the worshipping of God without asking for favours, either in this world or the next.

The Santokhi sect.—Mahant Rati Rám arrived at Ajodhya from Jaipur in the days of Mansúr Ali Khan, and building a temple founded this order. Two or three generations after him the temple was abandoned by his followers, and one Niddhi Singh, an influential distiller in the days of the ex-king, took the site and built thereon another temple. After this, Khushál Dás of this order returned to Ajodhya and lived and died under an Asok tree, and there the temple, which is now used by the fraternity, was built by Rámkishan Dás, the present head of the community.

The Nirabaniki sect.—Sri Birmal Dás is said to have come from Kota, in the time of Shujá-ud-daula, and to have built a temple in Ajodhya, but it was afterwards abandoned. Subsequently Narsingh Dás of this order erected a new building near Darshan Singh's temple. The present head of the fraternity is Rám Sewak, and they are dependent solely on the offerings of pilgrims.

The Janamasthán and other temples.—It is locally affirmed that at the Muhammadan conquest there were three important Hindu shrines, with but few devotees attached, at Ajodhya, which was then little other than a wilderness. These were the "Janamasthán," the "Swargaddwár mandir" also known as "Rám Darbár," "Treta-ke-Thákur."

On the first of these the Emperor Bábar built the mosque, which still bears his name, A. D. 1528. On the second, Aurangzeb did the same, A.D. 1658 to 1707; and on the third, that sovereign or his predecessors built a mosque, according to the well-known Muhammadan principle of enforcing their religion on all those whom they conquered.

The Janamasthán marks the place where Rám Chandar was born. The Swargaddwár is the gate through which he passed into paradise, possibly the spot where his body was burned. The Treta-ke-Thákur was famous as the place where Ráma performed a great sacrifice, and which he commemorated by setting up there images of himself and Sita.

Bábar's mosque.—According to Leyden's *Memoirs of Bábar*, that Emperor encamped at the junction of the Serwa and Gogra rivers two or three kos east from Ajodhya, on the 28th March 1528, and there he halted seven or eight days, settling the surrounding country. A well-known hunting ground is spoken of in that work, seven or eight kos above Oudh, on the banks of the Sarju. It is remarkable that in all the copies of Bábar's life now known, the pages that relate to his doings at Ajodhya are wanting.

Gazetteer of the Province of Oudh, Vol. 1 - A to G (Three vols in one)

Page No. 6

The Janamasthan and other temples - It is locally affirmed that at the Muhammadan conquest there were three important Hindu shrines, with but few devotees attached, at Ajodhya, which was then little other than a wilderness. These were the "Janamasthan,", the "Swargaddwar mandir" also known as "Ram Darbar,", "Treta-ke-Thakur."

On the first of these the Emperor Babar built the mosque, which still bears his name, A.D.1528. On the 2nd, Aurangzeb did the same, A.D. 1658 to 1707; and on the third, that sovereign or his predecessors built a mosque, according to the well-known Muhammadan principle of enforcing their religion on all those whom they conquered.

The Janamasthan marks the place where Ram Chandar was born. The Swargaddwar is the gate through which he passed into paradise, possibly the spot where his body was burned. The Treta-Ke-Thakur was famous as the place where Rama performed a great sacrifice, and which he commemorated by setting up there images of himself and Sita.

CHART - 33

HISTORICAL EVIDENCE

FYZABAD :

A GAZETTEER

BEING

VOLUME XLII

OF THE

DISTRICT GAZETTEER OF THE UNITED PROVINCES OF AGRA AND OUDH.

BY

H. R. NEVILL, I. C. S.

ALLAHABAD

PRINTED BY F. LUKBR, SUPDT., GOVT. PRESS. UNITED PROVINCES.

1905

Ajodhya. 173

presumably occurred when the capital was removed to the new city of Fyzabad and the Qila Mubarak or fort of Saadat Khan, near Lachhmanghat was abandoned for his country residence at the "Bangla." With the departure of the court the Hindus were left to themselves, and numerous temples and monasteries sprang into existence. Probably the rise in importance was in some degree due to the growing popularity of the Ramayan of Tulsi Das. The progress has been even more rapid since annexation; but before the middle of the nineteenth century Ajodhya was regarded as a great and even dangerous stronghold of Hinduism, as the constant fights between the rival creeds and the alarm they occasioned in court circles bear witness. This development was not due to any particular person. The great family of Sakaldipi Brahmans, whose representative bears the recent title of Maharaja of Ajodhya, had but little to do with the place, and the fine palace of the Maharaja in the east of the city and its adjoining temples are of very recent origin.

Ajodhya is pre-eminently a city of temples, and apart from these there are but few places of interest in the place. Not all of these places of worship are connected with the Hindu religion. There are six Jain shrines which have been already mentioned in Chapter III in connection with Jainism in this district; and there are also the Musalman mosques and tombs. It is locally affirmed that at the time of the Musalman conquest there were three important Hindu shrines at Ajodhya and little else. These were the Janamasthan temple, the Swargaddwar, and the Treta-ka-Thakur, and each was successively made the object of attention of different Musalman rulers. The Janamasthan was in Ramkot and marked the birthplace of Rama. In 1528 A.D. Babar came to Ajodhya and halted here for a week. He destroyed the ancient temple and on its site built a mosque, still known as Babar's mosque. The materials of the old structure were largely employed, and many of the columns are in good preservation; they are of close-grained black stone, called by the natives kasauti, and carved with various devices. Their length is from seven to eight feet, and the shape square at the base, centre and capital, the rest being round or octagonal. The mosque has two inscriptions, one on the outside and the other on the pulpit; both

12s.

Page 173

FYZABAD

A Gazetteer being Volume XLIII of the District Gazetteers of the United Provinces of Agra and Oudh by H.R. Nevill, I.C.S - 1905

It is locally affirmed that at the time of the Musalman conquest there were three important Hindu shrines at Ajodhya and little else. These were the Janamasthan temple, the Swargaddwar, and the Treta-ka-Thakur, and each was successively made the object of attention of different Musalman rulers. The Janamasthan was in Ramkot and marked the birthplace of Rama. In 1528 A.D. Babar came to Ayodhya and halted here for a week. He destroyed the ancient temple and on its site built a mosque, still known as Babar's mosque. The materials of the old structure were largely employed, and many of the columns are in good preservation; they are of close-grained black stone, called by the natives kasauti, and carved with various devices.

34

CHART - ....

HISTORICAL EVIDENCE

IMPERIAL GAZETTEER OF INDIA

PROVINCIAL SERIES

UNITED PROVINCES OF AGRA AND OUDH

VOL. II

THE ALLAHABAD, BENARES, GORAKHPUR, KUMAUN, LUCKNOW AND FYZABAD DIVISION AND THE NATIVE STATES

USHA
1934

Page - 389

Imperial Gazetteer of India, -- Provincial series -
United Provinces of Agra & Oudh - Vol. II - 1934 -

The present town stretche inland from a high bluff overlooking the Gogra. At one corner of a vast mound known as Ramkot, or the fort of Rama, is the holy spot where the hero was born. Most of the enclosure is occupied by a mosque built by Babar from the remains of an old temple, and in the outer portion a small platform and shrine mark the birthplace. Close by is a larger temple in which is shown the cooking place of Sita, the faithful wife of Rama.

35

CHART - ....

HISTORICAL EVIDENCE

PACKI

LUCKNOW ARM

VOL IX JULY 1936 PART II

THE JOURNAL OF THE UNITED PROVINCES HISTORICAL SOCIETY

CONTENTS

76 BABUR AND THE HINDUS 57

alternative was not palatable to Vikramāditya both because of the distance of the jagir from Rajputana and its comparatively moist climate. So the whole proposal fell through. But Babur's tact may be seen from the following facts:—

(1) He persuaded Vikramāditya not to insist on his demand of Biāna but to give a consideration to Babur's alternative.

(2) Babur allowed Hindu envoys to negotiate for both the parties, his representative being Hamūsi, son of Diwa of Bhira. Diwa has been already mentioned as envoy from Daulat Khan's son, Ali Khan, in 1519. He had transferred his services, later on, to Babur and the latter, finding him intelligent and loyal, utilised him on other diplomatic or political occasions.

The Jami Masjid at Ajodhya.

The present *Jami Masjid* at Ajodhya was built in Babur's time on a site sacred to the Hindus as Rama's birth-place. It is a spacious building with a magnificent hall and massive walls. It has two inscriptions which have supplied us with the date of its building and the name of the builder.

The inscription inside the mosque reads as follows:—

(1) بفرمودهٔ شاه بابر که عدلش
بنائیست تا کاخ گردون ملاقی
(2) بنا کرد این مهبط قدسیان را
امیر سعادت نشان میر باقی
(3) بود خیر باقی چو سال بنایش[1]
عیان شد که گفتم بود خیر باقی

Translation[1]

(1) By the Command of the Emperor Babur, whose justice is an edifice reaching the very height of the heaven

[1] As rendered in Mrs. Beveridge's *Babur-nama*.

Lucknow Arm -Vol. IX - July 1936 Part II

The Journal of the United Provinces Historical Society

Page 76 - para 3

The Jami Masjit at Ajodhya

The present Jami Masjid at Ajodhya was built in Babur's time on a site sacred to the Hindus as Rama's birth-place. It is a spacious building with a magnificent hall and massive walls. It has two inscriptions which have supplied us with the date of its building and the name of the builder.

The inscription inside the mosque reads as follows:

Parsi (Persian) ....

Translation

1. By the command of the Emperor Babur, whose justice is an edifice reaching the very height of the heaven

2. The good hearted Mir Baqi built this alighting place of the angels.

3. May this goodness last for ever. The year of building was made clear likewise, when I said "Buad Khair baqi"

अनुलग्नक-4

51

SITE AFTER EXCAVATION-2003

उत्खनन के बाद स्थान

52

FOUND IN EXCAVATION-2003
उत्खनन से प्राप्त अवशेष

53

FOUND IN EXCAVATION-2003
उत्खनन से प्राप्त अवशेष

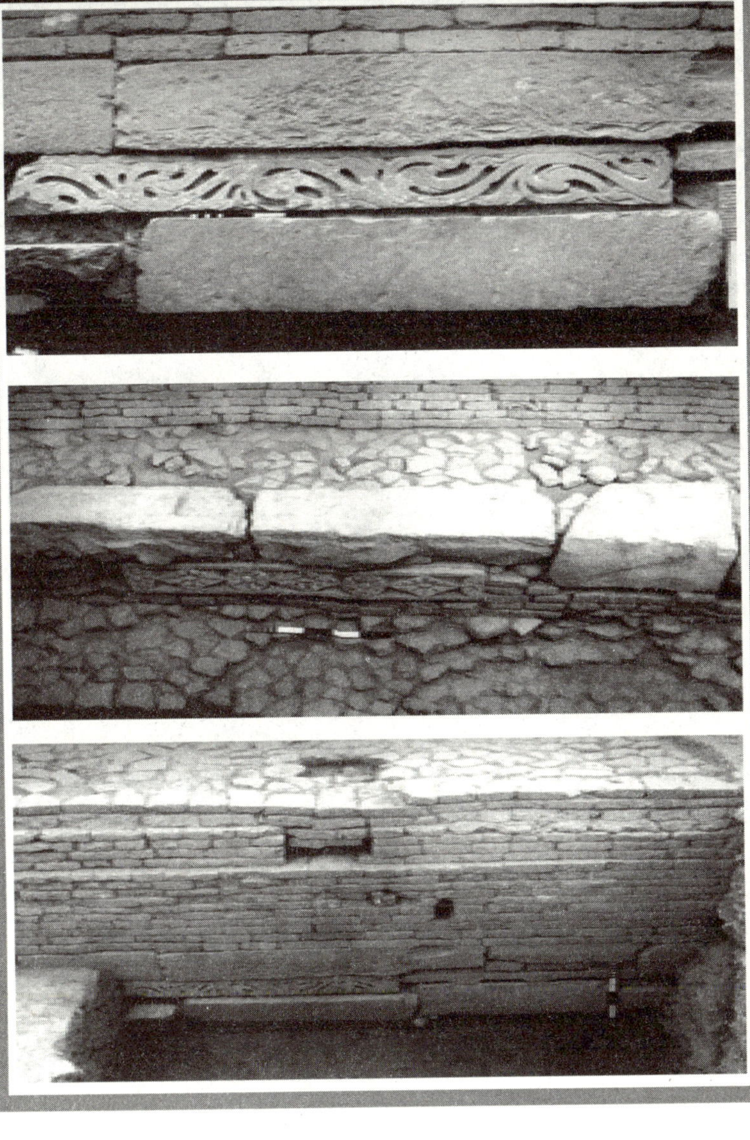

54

FOUND IN EXCAVATION-2003
उत्खनन से प्राप्त अवशेष

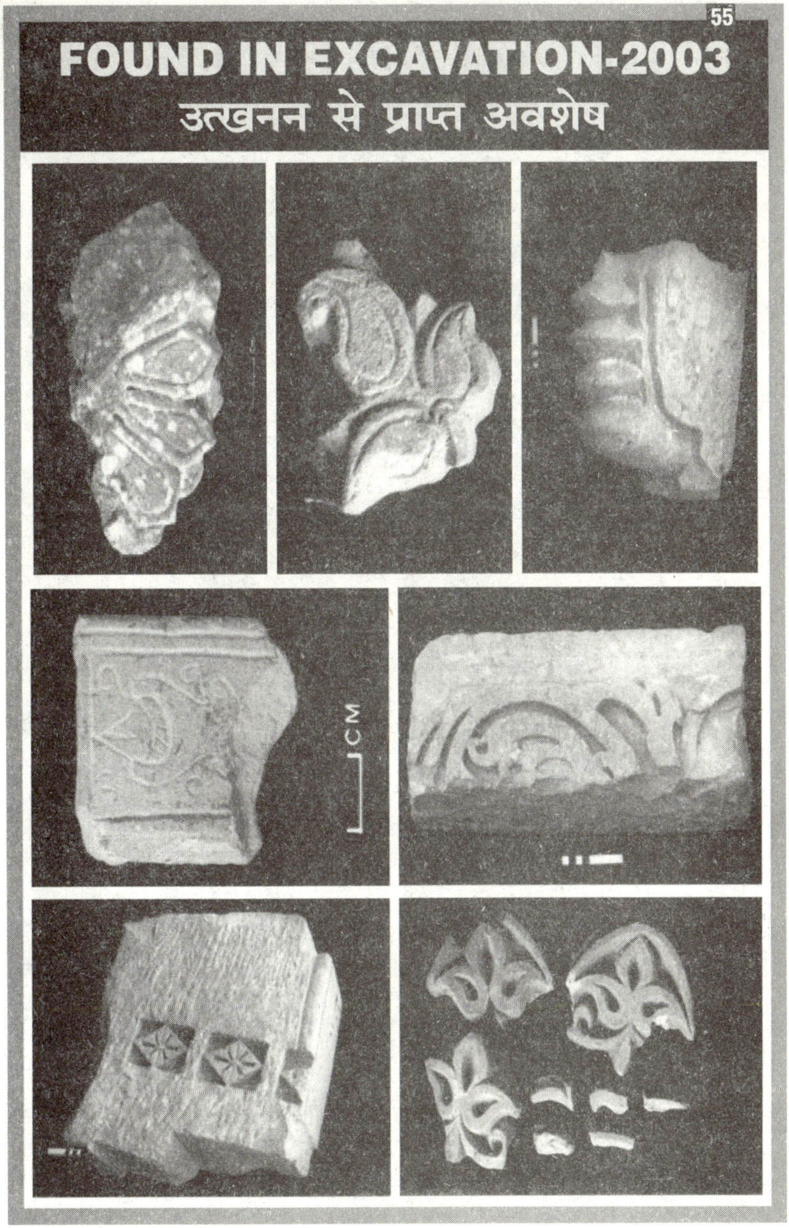
55
FOUND IN EXCAVATION-2003
उत्खनन से प्राप्त अवशेष
CM

56
FOUND IN EXCAVATION-2003
उत्खनन से प्राप्त अवशेष
CM
CM
CM
Cm
Cm

THE

RÁMÁYAN OF VÁLMÍKI

TRANSLATED INTO ENGLISH VERSE

BY

RALPH T. H. GRIFFITH, M.A., C.I.E.

FORMER PRINCIPAL OF THE BENARES COLLEGE, AND LATE DIRECTOR PUBLIC INSTRUCTION N.-W. P. AND OUDH.

COMPLETE IN ONE VOLUME.

BENARES:

PRINTED AND PUBLISHED BY E. J. LAZARUS AND CO.

SOLD ALSO BY

LUZAC AND CO., LONDON.

1895.

5. There is no certain testimony for an epic Mahābhārata before the 4th century B. C.

6. Between the 4th century B. C. and the 4th century A. D. the transformation of the *epic* Mahābhārata into our present compilation took place, probably gradually.

7. In the 4th century A. D. the work already had, on the whole, its present extent, contents and character.

8. Small alterations and additions still continued to be made, however, even in later centuries.

9. *One* date of the Mahābhārata does not exist at all, but the date of every part must be determined on its own account.

The Rāmāyaṇa, both a Popular Epic and an Ornate Poem.

(The Rāmāyaṇa differs essentially from the Mahābhārata in more respects than one.) (Above all it is much shorter and of much greater uniformity.) (While the Mahābhārata in its present form can scarcely be called an actual epic, the Rāmāyaṇa, even in the form in which we have it to-day, is still a fairly unified heroic poem.) Moreover, while (indigenous tradition) names Vyāsa, an entirely mythical seer of ancient times, who was supposed to be at the same time the compiler of the Vedas and of the Purāṇas, as the author or editor of the Mahābhārata, it (attributes the authorship of the Rāmāyaṇa to a poet named Vālmīki, and we have no reason to doubt that a poet of this name really lived and first shaped the ballads, which were scattered in the mouths of the bards, into the form of a unified poem. The Indians call this Vālmīki " the first Kavi or author of ornate poetry " (*ādikavi*) and like to call the Rāmāyaṇa " the first ornate poem " (ādikāvya). The beginnings of ornate epic poetry do indeed lead back to the Rāmāyaṇa, and Vālmīki has always remained the pattern to which all later Indian poets admiringly aspired.) The essential factor of Indian ornate poetry, of the so-called "*kāvya*," is that greater importance is attached to the form than to the matter and contents of the poem, and that so-called *alaṃkāras*, *i.e.* "embellishments," such as similes, poetic figures, puns, and so on, are used largely, even to excess. Similes are heaped on similes, and descriptions, especially of nature, are spun out interminably with ever new metaphors and comparisons. (We find the first beginnings of these and other peculiarities of the classical ornate poetry in the Rāmāyaṇa. While we found in the Mahābhārata a mixture of popular epic and theological didactic poetry (purāṇa), the Rāmāyaṇa appears to us as a work that is popular epic and ornate poetry at the same time.)

(It is a true popular epic, just like the Mahābhārata, because, like the latter, it has become the property of the whole Indian people and, as scarcely any other poem in the entire literature of the world, has influenced the thought and poetry of the nation for centuries.) In the introduction to the epic (a later addition) it is related that god Brahman himself invited the poet Vālmīki to glorify the deeds of Rāma in verse; and the god is said to have promised him:

> "As long as in this firm-set land
> The streams shall flow, the mountains stand,
> So long throughout the world, be sure,
> The great Rāmāyan shall endure." [1]

This dictum has proved itself truly prophetic to the present day. (Since more than two thousand years the poem of Rāma has kept alive in India, and it continues to live in all grades and classes of the people. High and low, prince and peasant, nobleman, merchant and artisan, princesses and shepherdesses, all are quite familiar with the characters and

[1]) I, 2, 36 f. Translated by R. T. H. *Griffith*.

THIRD SERIES · VOLUME 29 · PART 4
OCTOBER 2019
Journal of the
Royal Asiatic
Society
SOC·R·EG·AS·
·BR·ITT·
CAMBRIDGE
UNIVERSITY PRESS
ISSN: 1356-1863

HISTORICAL SKETCH

OF

TAHSIL FYZABAD, ZILLAH FYZABAD,

INCLUDING

PARGANAS HAVELI-OUDH AND PACHHIMRATH,

WITH THE OLD CAPITALS

AJUDHIA AND FYZABAD,

By P. Carnegy, Officiating Commissioner and Settlement Officer.

PARGANA MANGALSI,

By J. Woodburn, Officiating Settlement Officer.

AND

PARGANA AMSIN.

By C. S. Noble, Assistant Settlement Officer.

LUCKNOW.

PRINTED AT THE OUDH GOVERNMENT PRESS.

1870.

BĀBAR'S MOSQUE AND RAMA'S BIRTH PLACE.

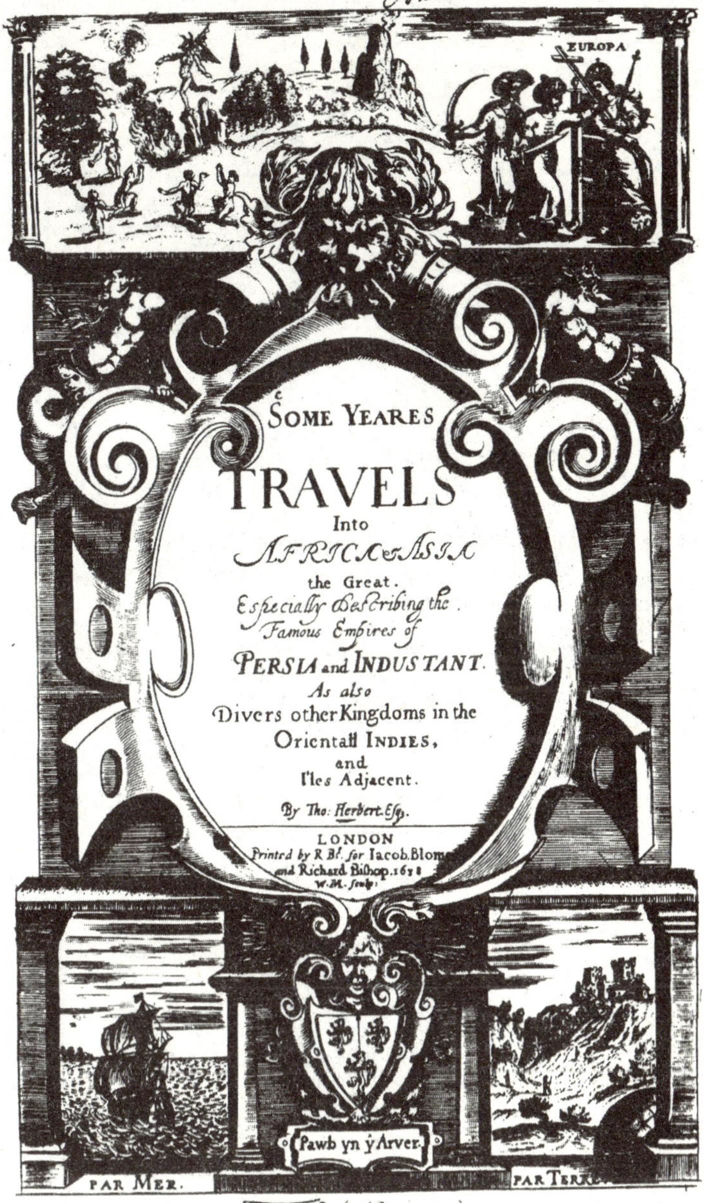

EUROPA

SOME YEARES

TRAVELS

Into

AFRICA & ASIA

the Great.

Especially Describing the Famous Empires of

PERSIA and INDUSTANT.

As also

Divers other Kingdoms in the Orientall INDIES, and I'les Adjacent.

By Tho: Herbert. Esq.

LONDON

Printed by R Bi. for Iacob.Blom and Richard Bishop. 1638

W.M. sculp.

Pawb yn y Arver.

PAR MER.

PAR TERRE

SOME YEARES TRAVELS

INTO

DIVERS PARTS OF

ASIA and AFRIQUE.

Deſcribing eſpecially the two ſamous Empires, the *Perſian*, and great *Mogull*: weaved with the Hiſtory of theſe later Times

As alſo, many rich and ſpatious Kingdomes in the Orientall INDIA, and other parts of ASIA; Together with the adjacent Iles.

Severally relating the Religion, Language, Qualities, Cuſtomes, Habit, Deſcent, Faſhions, and other Obſervations touching them.

With a revivall of the firſt Diſcoverer of AMERICA.

Reviſed and Enlarged by the Author.

Segnius irritant Animos demiſſa per Aures
Quam quæ ſunt Oculis ſubjecta fidelibus, & Quæ
Ipſe ſibi præbet Spectator. Horat.

LONDON,
Printed by R. Bi. for *Iacob Blome* and *Richard Biſhop*. 1638.

PVRCHAS HIS PILGRIMES.

IN FIVE BOOKES.

The first, Contayning the Voyages and Peregrinations made *by ancient* Kings, *Patriarkes*, Apostles, *Philosophers*, *and* others, to and thorow the remoter parts of the knowne World: *Enquiries also of Languages and Religions, especially of the* moderne diversified Professions of CHRISTIANITIE.

The second, *A Description of all the Circum-Navigations* of the GLOBE.

The third, Navigations and Voyages of *English-men*, alongst the Coasts *of* Africa, *to the Cape of* Good Hope, *and from thence to the* Red Sea, *the* Abassine, *Arabian*, Persian, *Indian*, Shoares, Continents, and Ilands.

The fourth, English *Voyages beyond the East* Indies, *to the Ilands of* Iapan, *China*, *Cauchinchina*, the *Philippinæ* with others, and the *Indian* Navigations further prosecuted: Their first Commerce, nobly vindicated against *Turkish* Treacherie; victoriously defended against *Portugall* Hostilitie; *gloriously advanced against* Moorish and Ethnike *Perfidie*; [illegible] [illegible]

The fifth, Navigations, Voyages, Traffiques, Discoveries, of the *English* Nation *to the Easterne parts of the World: continuing the* English-Indian *occurrents*, and contayning the *English* Affaires with the *Great Samorine*, in the *Persian* and *Arabian* Gulfes, and in other places of the Continent, and Ilands of and beyond the *Indies*: the *Portugall* Attempts, and *Dutch* Disasters, *divers* Sea-fights with both; *and many other remarkable* RELATIONS.

The First Part.

Unus Deus, Una Veritas.

LONDON
Printed by *William Stansby* for *Henrie Fetherstone*, and are to be sold at his shop in *Pauls* Church-yard at the signe of the Rose.
1625.

Des Pater

Joseph Tieffenthaler

d. S. J. und apostol. Mißionarius in Indien

historisch-geographische

Beschreibung von Hindustan.

Aus Dessen lateinischen Handschrift übersetzt.

Mit Anmerkungen und anderen Zusätzen, vorzüglich mit des Engl. Ingenieur-Major Herrn Rennell großen Charte von Hindustan,

herausgegeben

von

Johann Bernoulli,

der Königl. Akademie der Wissenschaften zu Berlin ordentl. Mitgliede und mehr anderen ausserordentl. Mitgliede.

Erster Theil,

welcher Tieffenthalers Beschreibung von Hindustan nebst einer Charte des alten Indien enthält.

Berlin, bey dem Herausgeber

Gotha, bey C. W. Ettinger.

1785.

अनुलग्नक-4

स्पीड पोस्ट

संख्याः भा0पु0स0/17/सू0/09 |555

भारत सरकार

भारतीय पुरातत्व सर्वेक्षण

आगरा मण्डल, आगरा।

दिनांक 23 MAY 2011

श्री किशोर कुनाल

सायन निलय

गोशाला रोड, सदाकुत आश्रम के पास

पटना-800010

विषय- सूचना का अधिकार अधिनियम 2005 के अन्तर्गत महानिदेशक कार्यालय, भारतीय पुरातत्व सर्वेक्षण नई दिल्ली को भेजा गया आप का पत्र जो इस कार्यालय में दिनांक 06.05.2011 को प्राप्त हुआ।

महोदय,

आपके उपरोक्त सम्बन्धित पत्र के सम्बन्ध में अवगत कराना है कि पत्र में सन्दर्भित पुस्तक 100 वर्ष से अधिक पुरानी है तथा काफी छतिग्रस्त अवस्था में है। तथापि आपके पत्र के अनुसार सम्बन्धित पृष्ठों की छायाप्रति (कुल 2 पृष्ठ) आपके सन्दर्भ हेतु संलग्न की जा रही है।

अनिल 23/5/11

केन्द्रीय जन सूचना अधिकारी

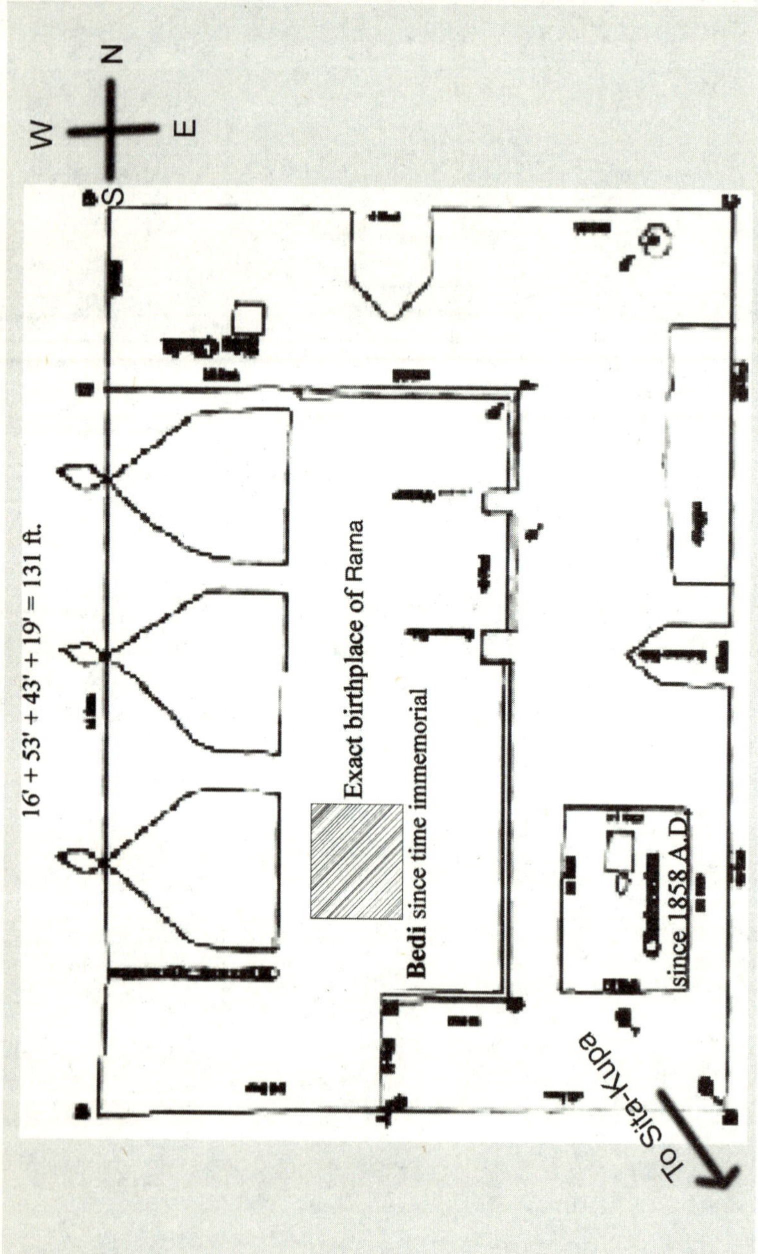
N
W
E
S
16' + 53' + 43' + 19' = 131 ft.
Exact birthplace of Rama
Bedi since time immemorial
since 1858 A.D.
To Sita-Kupa

باسمہ

تاریخ اجودھیا

جسمیں

حالات باہرات سلطان کونین شہنشاہ دارین مہاراج سری رامچندر

و نیز راجگان و مہاراجگان اجودھیا مندرج ہیں

مصنفہ

مسند نشین ایوان ریاست منکی اراکین دولت و امارت کنور درگا پرشاد صاحب بہادر

تعلقدار ریاست سروین پرگنہ گانون وغیرہ علاقہ سرہوا و رئیس اعظم

و آنریری مجسٹریٹ سندیلہ المتخلص بہ مہر

جسکو

مصنف معزی الیہ نے نہایت توجہات و سخت عرق ریزی سے کتب ہائے متقدمہ

و نسخہ ہائے معتبرہ سے تحقیق و تصدیق فرما کر مع اکثر حالات چشم دید مدون فرمایا

حسب فرمائش حضرت مصنف معزی الیہ بار اول

مطبع منشی نولکشور واقع لکھنؤ میں طبع ہوئی

سنہ ۱۹۰۲ء

□□□

अनुवाद

शिप्रा पांडेय लेखन और अनुवाद के क्षेत्र में लगभग 20 वर्षों से सक्रिय हैं; अनेक भाषाओं की जानकार। 20 पुस्तकों का अनुवाद; अधिकांश प्रभात प्रकाशन के लिए, जिनमें से कुछ को अमेजन पर नंबर 1 स्थान मिला है। रक्षा मंत्रालय में हिंदी सोशल मीडिया एक्जीक्यूटिव के रूप में कार्य करने का दो वर्षों का अनुभव।